夜歸紅磚小洋樓

五南圖書出版公司 印行

推薦序

數典不忘祖

作者爲追憶並敘述其祖父傳奇一生的故事，由政府核定爲古蹟之紅磚小洋樓說起，以當時是日治時代的庄腳人至自力更生、開挖礦業起家，可說是臺灣人奮鬥歷史之縮影記錄之一，值得讀者詳細閱讀。

作者這本書，我以數典不忘祖爲序，予以鄭重推薦的理由如下：

一個人如果不孝順父母，不尊敬他的祖先，就是不飲水思源之輩，不值一提，也爲世人唾棄。

不久以前，我參加一位從主任檢察官改行執業律師的好友的開業酒會，當時，賀客盈門，我向他道賀之前，先向他父母致敬。他父母是庄腳人，木訥寡言，不善跟人打招呼，默默無聲坐在房間一偶。我馬上當眾叫他們出來與他兒媳合照，而且稱讚他們能有此優秀出眾的兒子，是他們生下他的最大功勞者，使他們大展笑臉，與有榮焉。

作者匿名，但我仍略述我們在義光長老教會互相認識，那是林義雄律師母親及雙生女孩在一九七九年美麗島事件發生的次年二月二十八日被謀殺至今尚未破案的兇宅，也就是二年後建立的義光長老教會。

這件在臺灣歷史上重演的二二八慘案，更深切知道我們臺灣人懷念並稱頌我們祖先從渡海過溝冒險移民臺灣的勇敢犧牲的精神，歷經外來的統治、迫害、抗爭而有今日民主自由的臺灣。

所以，作者這本數說從他祖父起造的紅磚小洋樓的古蹟，追溯創立礦業，以及子孫各有不凡成就，均是最大祖先上帝的恩賜，而能感恩數算祖先的奮鬥苦甘成功的歷史。更值得讀者閱讀欣賞之餘，受到激勵，將各人的不同才能貢獻於自己的祖國——臺灣美麗島，使我們子子孫孫代代相傳，建立更幸福、自由，敬神愛人的國度。特為之序並致上敬賀。

義光教會退任長老　**李勝雄**律師

前言

我家紅磚小洋樓被政府核定爲古蹟，計畫將紅磚小洋樓重新整建修復，目前正由政府委託科技大學按照計畫步驟逐步進行之中。乃隨興出版《夜歸紅磚小洋樓》一書相輝映，共襄盛舉，錦上添花，豈不美哉！

本書執筆人「伯爵」是紅磚小洋樓創建人蔡全先生的孫子。《夜歸紅磚小洋樓》的前身是《紅磚小洋樓散記選》二百八十頁（僅印刷裝訂五十本分送親友欣賞閱讀）。本書主體部分大致取自該書：《夜歸紅磚小洋樓》上中下三篇〈童年到少年時光的消逝〉等等，如今臨時補上〈祖父蔡全與小紅樓〉、〈古蹟損壞的遺憾〉作爲前引。〈口述歷史〉一篇（九千餘言）接續於後，令其成爲完整一體，作爲本書的主體部分。〈口述歷史〉和〈童年到少年時光的消逝〉兩篇，是當年我兒在臺大就學期間選修臺灣近代史學分指定作業，晚間半夜臨時抱佛腳。我親自爲他撰寫，讓他隔天順利繳交作業。這兩篇，臺大老師給分分別爲八十四分和八十二分，如今將它們收入本書裡面，特此加以說明。

除了上述主體部分，另外還有將近二十個小短篇的附屬的部分，二十個小短篇包含如：〈老父下跪請求兒子原諒〉、〈他瘋狂奔向毀滅〉、〈跌破眾醫師的眼鏡〉等，和全書主要部分有直接或間接的關聯。每一個小短篇各有各的精彩，各有各的特色，尤其當初筆記的時間各自不同，分散在一二十年之間不同的時間所寫下，筆法和口氣也各有所不同，額外附屬的二十小短篇是從原先《小洋樓散記選》裡面四十九篇所挑選出來收入本書裡面。每一個小短篇內容和文字的精緻水準一點也不遜於本書主體的部分，只是品味氣質各有千秋。請瀏覽全書目錄，隨機挑出部分內容加以審閱，以便快速判定這本書的性質和水準，作爲簡單的評鑑參考。

迄今爲止人們在法國和西班牙已經發現了大約三百幅的洞穴壁畫。考古學家發現幾萬年前人類居住的洞穴裡面先民在前面沒命狂奔逃命，後面瘋狂野牛直逼猛追的壁畫。在他們死裡逃生之後，畫下他們奮勇奔跑死裡逃生成功的英勇得意的情境——（當然同時故意忽略他們逃命過程的驚恐失措的窘態，那種心力交瘁、絕望狼狽的過程）他們藉著洞穴裡面創作如此的壁畫，用藝術創作來自我娛樂豐富他們的生活，他們的作爲、他們的心境就如詩人創作並吟唱他自己的詩篇一樣。

本書作者隨興以「伯爵」作爲筆名，同樣隨興以「夜歸紅磚小洋樓」作爲書名：一個平常無名人士隨興敘述個人與家族直接與間接相關的故事，一方面留作紀念，一方面在自娛娛人，如此詩人般的心境有幾分可以類比於上述洞穴壁畫創作的狀況。

《夜歸紅磚小洋樓》，有一段九千多字的口述歷史。第一次將它公開亮相。這裡我先簡單交代一點我二舅徹底壓抑沉默一輩子，去世之前吐出來的他最後的話語。

二舅活了七十幾歲，我記不太清楚，他最後住進臺大醫院，臺大醫院很快宣告他肺癌末期，只剩下三個月的壽命。我們全家人守住祕密沒讓二舅知道他自己的病情，其實不到三個月，很快地他就走了。當時他躺在病床上我就建議我二舅：你以前那些難友死的死，傷的傷，至少你最要好的朋友張倚融（臺北工專，被關了十年，兩手食指被吊起來苦刑而斷掉）經過幾十年的斷絕往來，形同陌路，我說是時候了，你們總該聯絡一次吧！在我三舅的協助之下，二舅躺在病床上等候張先生的來電，終於手機響了起來。他聽到手機裡面的聲音立刻從床上坐起來，端坐在床沿旁邊，我看他開始滔滔不絕地說下去，我聽不懂，因爲他說的都是日語。

二舅後來常常歌頌中華文化，還請人家寫書法，買人家的書法來欣賞，我知道都是假的，他在僞裝自己。他骨子裡面是用日文思想，他在講中國的那一套如何如何時都是僞裝的。是他嚇壞了，他眞的被嚇到了。

那一天在臺大醫院我問他，請他告訴我，他跟他的同學到底怎麼一回事？你們剛才講手機到底在說些什麼？我二舅向來話很少，當天他簡短地說出了他壓抑在心裡大半生的話語，用裡面其中短短的幾個句子給我一個交代。

他說：長年以來我一直被警告，只要我身邊的人和我有同樣的想法，同樣的言論，簡而言之就是有受到我的影響，他們就唯我是問，找我算帳！恐怕也對你們不利，這就是我幾十年來保持如此沉默的原因。最後我問他：事情經過已經如此久遠，你如今的想法如何？二舅眼睛看著我，吐露他最後的話語，最後給我的語句，他最後告訴我的一句話是：「他們欺負我太甚！」當時我心裡在想，二舅其實隱隱約約知道自己大行的日子近了，否則當天所說的每一句話他一個字都不可能講出來！

不要把伯爵講的話當故事，這些都是非常悲慘的事實的一部分。

封面使用到的紅磚小洋樓的照片是經過時間滄桑摧剝之後黯然褪色的模樣，封面用到作者幼年時候留下來黑白泛黃模糊照片一張，用以和小紅樓現實模樣互相鏡映，立姿較年輕照片為困居紅樓時期樣貌之一，孫女用手機拍攝小凳上坐姿的照片為一、兩天前國父紀念館廊下年華已去的樣貌。

《夜歸紅磚小洋樓》下篇被切掉很多段落，上篇一開頭被切掉一小塊，其他部分也有少數刪除調整，這些都無傷大雅不影響整本書的完整性。

萬年之前穴居的先民在漫漫長夜的洞穴裡面圍坐在一堆溫暖的火堆旁邊，他們到底會講些什麼事情不得而知，不過他們講故事的心情和我此刻隨興斷斷續續漫談我家紅磚小洋樓許多平凡人間小故事的心情一樣。請各位放鬆心情瞇著眼睛，半張開你的嘴，流口水不妨，聽我用最平易近人的話告訴你們一些雖然平凡但是非常值得你們聆聽一次的故事。基於以上說明的理由，我所說的故事牽涉到的時間，數字如果有所出入，請忽略不必計較，因為凡此種種都是人間小事不必在意。

再強調一次，這本小書值得你們撥一點時間好好瀏覽一下，不要錯過。

二〇二三年四月

目錄

推薦序　數典不忘祖　李勝雄
前　言
一、祖父蔡全的紅磚小洋樓……1
二、夜歸紅磚小洋樓（上）……17
三、夜歸紅磚小洋樓（中）——風狂雨暴夜未央　我與紅磚小洋樓……31
四、夜歸紅磚小洋樓（下）——不堪回首話當年（縮減剪接版）……61
五、紅樓古蹟復原歷史考察資料……69
六、回答兩位堂弟……81
七、童年到少年時光的消逝……87
八、口述歷史……97
九、口唇炎顚簸五年（大縮減版）……111
十、跌破衆醫師的眼鏡……121

十一、一個沒錢念書的女人……125
十二、他因命苦而早逝……129
十三、小女孩的用餐時間……131
十四、老父下跪請求兒子原諒……133
十五、他瘋狂奔向毀滅……139
十六、男孩看見水果攤……143
十七、驚悚的出殯場面……147
十八、煤礦災變……149
十九、爲了五百元而自殺……153
二十、一個女生在校門口附近被強暴……157
二十一、教務主任打職員……161
二十二、教務主任的教育理念……171
二十三、擴音器對罵……173

二十四、往日的選舉 175
二十五、收回扣的經驗 181
二十六、餞別（縮減版） 185
二十七、給林飛帆的信（刪減版） 187
二十八、捐款三十五萬 189
二十九、曾經目睹古蹟被損壞 193
三 十、作者臉書貼文舉例參考 199
㈠簡單說明 199
㈡近日貼文實例：《紅牛集》和《玉兔集》介紹 200
㈢近日貼文實例：漫談「馬勒《a小調鋼琴四重奏》」 202
㈣近日貼文實例：「奧菲斯和尤麗迪斯」 208
㈤近日貼文實例：「心碎」 209
㈥貼文實例：「大孝子vs.仙女」的故事和《紅與黑》的評論 210

一

祖父蔡全的紅磚小洋樓

如今滄桑破敗的我家紅磚小洋樓仍然難掩她昔日胭脂紅磚煥發一時的英姿。然而在她線條剛直、稜角分明的表象底下，另外隱藏著更爲壯大的基礎；也就是我祖父蔡全從幾乎一文不名的窮困中開創出來的頗具規模的礦業事業。凡此種種蘊含著內在更爲高深的境界，就是祖父這個原本貧困的鄉下平民，他的性格以及他超乎尋常的能耐，他特立獨行傳奇的一生！

這紅磚小洋樓被政府核定爲古蹟，正在招標古蹟暫時維護工程。預計鋼架三層樓高頂棚保護整個樓，等古蹟復原工程完成之後，此三層樓高之頂棚才能拆除。鋼架頂棚維護設備預計工程費：二至三百萬元，小洋樓古蹟復原預計工程費二至三千萬元。如此規模的小洋樓比起同屬古蹟的板橋林家花園，顯得小巫見大巫，可以說微不足道。更何況上面已經說過比起祖父開創的煤礦事業，這小洋樓古蹟一樣顯得無足輕重。

在我小時候，爲了招待親友參觀煤礦，我曾經三次跟著下到地底深入參觀礦坑內部。如今回想起來，即使以當今的技術來開挖如此堅硬的岩石隧道，用纜繩將大串台車放入地底深處，在縱橫交錯複雜的坑道中工作採煤，種種工程設施，時至今日也絕不是一般人所敢於輕易嘗試，有此魄力去貫徹實行。

曾經有幾位友人不斷地問我：你祖父他爲什麼知道如此偏遠山區，人煙罕至的一個地方，地底下面會有煤碳？他又憑什麼有這個力量把煤挖出來？一天賣出去一百多台台車的煤？我的回答是：我不知道；我所知道的是，我的祖父確確實實做出了一件令人不可思議的事業，這件事情事實俱在，任何的言詞雄辯無法加以否認。祖父的資金是向居住在五堵的一位陳姓好友借貸來的，這件事情我大致可以確定。

很小的時候陪著祖父參觀瑞三煤礦，我們所參觀的是礦場外面的部分，當時給我的印象是規模比我們家的煤礦大的太多了。李家後來有好幾位人士出來參政選上省議員等民意代表，他們家的李氏祠堂那種規模也不是我家紅磚小洋樓所能望其背項。比李家更大的就是顏家臺陽礦業，他們的礦業規模比李家瑞三煤礦更大（很多年很多年以前在臺北中華路可以看到屬於臺陽礦業的獨棟建築聳立在那裡），顏家也有留下來古蹟，他們出了一位增額國大代表，我家則出了一位南京第一屆國民代表大會最年輕的一位國大代表（我伯父）。簡而言之，我們家的礦業、我們家的紅磚小洋樓都有非常不足的地方。再補充一件事情：不要說我家紅磚小洋樓、我祖父開創的礦業沒有什麼稀罕之處，即使李家顏家的事業也沒有什麼值得大驚小怪的地方，這是一種常識。我板橋國小有一位同班同學，因為都市快速發展，原本偏僻的他家地皮突然大漲，他後來很快就移民美國了，每年回臺灣三個月收錢，這是我所認識的田僑仔的一個例子。你問我羨慕嗎？我當然羨慕，非常地羨慕，不羨慕才怪！可是如果你問我要不要和他交換過他的人生，我的回答是不要。對於我這種答案你一定不服氣、不相信，那是因為你不了解我這個人此刻內在的心境。

假如我們能夠不以成敗論英雄，不以紅磚小洋樓和礦業事業的規模大小來看我祖父這個人的能耐，我可以說就我所知，我祖父算是一號人物。

小時候常常和媽媽一起坐火車到臺北，好幾次當火車經過侯硐附近的時候，媽媽用手指著遠處的河流告訴我們說：從前你的祖父和祖母就是住在那個河邊一間破爛的房子裡面，每當大水來的時候你的祖母會用一個木頭來支撐那個房子，避免被水沖走。在我的記憶中祖父沒有當過兵，沒有種過田，沒有當過木匠，他什麼工作都沒做過，好像就是如此！他也沒有讀過什麼書，他不懂微分幾何，他不懂四維度時空連續，我猜他不會算數裡面的除法。祖母目不識丁，卻是一個厲害的角色。同樣是厲害的角色，祖父很喜歡看小說，他的房間裡面一大堆小說，他看《三國演義》，還有比《三國演義》難一些的《西漢演義》。

他把小三養在汐止，他的好友姓陳住在五堵，我祖父創業所有的資金好像都是這位姓陳的借給他，我祖父在偏遠山區裡面的山頂上蓋了一個小寺廟，長年養和尚在那邊當住持，他還從溪流裡面採石做階梯，開兩條路從平地通達山頂的寺廟。他每年除夕都會在那個寺廟裡的房間和那個和尚高談闊論，他們談的內容包括黃帝《素女經》，他們同聲讚揚黃帝夜御十女的功夫等等。

唯一沒有做過的就是被人家僱用，規規矩矩地去謀生這件事情！（家人曾經告訴過我，我祖母曾經包粽子賣粽子維生。以上我所說的事情都是我在場目睹的回憶，關於黃帝《素女經》等等事情是我長大以後才了解的）

祖父另外一件很特別的事情，就是他縱容我一個小孩子養了一大群鴿子，高價買來的賽鴿繁殖出來的，一次占滿整個樓上陽台的那麼多的鴿子。當牠們成群在天空飛的時候，咻咻的聲音清晰可聞。這件事情我將在本文裡面稍微加以介紹。

我曾經進入礦坑三次，我知道要採第一台車的煤，首先必須開挖一條很長的堅硬的岩石隧道，之後還有鋪設軌道，設置纜車，往下深入地下才能到達煤層，所需要的電力由坑外透過電纜線送入三千三百伏特高壓。在第一車煤挖出來之前這些設備人力都需要外來資金的支持，等到大量的煤採出來之後許多設備可以逐漸增加、逐漸擴張，例如變電所、澡堂、洗煤場、儲煤場、炸藥倉庫、鐵軌木材台車車輪倉庫、蓄電池場、鋸木廠、打鐵廠、儲木水池、機電廠（裡面各種大小的馬達，抽水抽風各種設備——煤礦坑道需要另外開挖通風管道，使用強力送風設備從外面送風進去）、各個部分的辦公室、聘請員工（有幾個高級職員看起來水準還蠻高的，他們的知識水平超過我祖父很多），還有幾公里長的台車軌道等等。

但是從開挖堅硬的岩石一直到下到地底出來第一車的煤，這期間那種判斷，那種不確定性，那種勇氣不是平常人所能夠承擔得起，最神祕的部分，一直到今天我仍然無法了解的一部分，就是我祖父他怎麼會知道在那麼偏僻的地方的深山裡、那麼深的地底下會有煤炭？

我有一個朋友可能是基於他自己本身創業的經驗，他猜測我的祖父是從小本投資，挖出一點煤炭以後可以賣錢，慢慢地累積慢慢地擴充他的事業。事情並不是如此他所想的那樣。在我的心目中我的祖父有一點像美國西部片淘金客，他很像一個賭徒，一個非常有勇氣、勇敢的賭徒，我相信他的神經是鋼鐵做的，一個人被稱呼為勇敢，那是很高的桂冠，眞正勇敢的男人幾乎有如稀有的動物。

好像聽祖父說過，曾祖父九歲跟著人家跑來臺灣，九歲的年紀就和現在我的孫女一樣大，這件事情我將信將疑，不過可以確定的是曾祖父給予祖父的只有貧窮，應該沒有什麼東西可以傳給他，算起來祖父開採煤礦成功時還非常年輕。他一輩子都在駕馭別人，他不會罵人，但是人人都非常畏懼他，全世界可以大聲罵他的只有一個人，就是我的祖母，這個原因我知道，一方面我祖父認爲他曾經讓他的老婆度過一段很貧困的生活，另外的原因就是他在外面養了一個年輕很多、比較漂亮，也比較時髦的都市女性。他感覺虧欠、內疚，所以自認爲挨罵是應該的。（這些事情不是出自於我的臆測，而是我親眼目睹的。當時我還很小，他帶著我到小三的家裡去作客，在她家有房間讓我過夜。）祖母罵人的時候很激動，但是大家都知道她無害，知道她心腸很好。其實她很少罵人，所以一旦被她罵到，那個人就有很大自我檢討的空間。

記得祖母去世那個時候，有一天祖父坐在他的房間裡面，他的朋友進去安慰他，他告訴他的朋友說：「她告訴我說她要先走一步。」「她」指的是我祖母。我祖父說這一句話的時候他在哭，那是我唯一一次看到這個剛強的男人哭。

我實際看過很多出殯告別式的場面，但祖母的非常特別，也是我生平僅見！原本安靜偏僻的鄉下，來了漫山遍野的乞丐，那種場面有如電影裡面的難民在集合，我們家搭了一整排流水席請外來的這些人們盡情吃喝，連續四天，花費當時的錢將近四萬。出殯告別式那一天國大代表一群從臺北上車，有一整節火車車廂專門載運幾十個萬年國大代表，一路拉到我們家附近那個火車站，都不需要轉車（原本需要坐宜蘭線的火車到三貂嶺下車轉車，但是這一些國大代表全部同這一節車廂不轉車），等到告別式完畢，他們上同樣一節車廂，不需要轉車直接把他們拖回臺北。在祖母的告別式上，當地的國小校長擔任司儀，地方士紳、國大代表一大群人在那邊走來走去。當然這些都是我祖父在後面下達了命令，許多人區安排執行的結果。

當時我年紀很小，但是我非常確定我了解我祖父這個人，或許是因爲遺傳的關係吧，我知道我的祖父根本就不在乎這些塵世的虛榮，我知道他不在乎別人如何歌頌他，我知道他不在乎別人對他的看法如何，他只在乎一個人對他的看法，那一個人就是他自己，他認爲大部分的人對他的看法對他來講沒有什麼價值。

我在講我祖父的種種，普天之下矯揉造作的衰衰士大夫、春蠶到死絲不盡的虛榮追求客根本就聽不懂，因爲他們是不同種類的人類。我祖父一個鄉巴佬，但是那一棟紅磚小洋樓西洋式的架構，它的陽台拱形的柱子卻透露出我祖父不凡的思想品味。因爲地處陰雨溼冷的山區，我祖父習慣穿長筒普魯士馬靴，他也給我了我一雙，記得那一雙鞋子當時造價四百元，他穿非常厚重、毛皮光亮的衣服，包括非常漂亮的大衣，他每天喝很多的高麗人參等等，比起他所賺到的錢，這些可以說微不足道。簡單說起來我祖父本質上非常節儉，但是我祖母的後事他卻一反常態非常鋪張，這種鋪張的方式不是爲了他虛榮，他是爲了向告訴他「我要先走一步。」的那一位老伴做一個交代。

小時候每到除夕夜，紅磚小洋樓通宵燈火通明，但是只有我一個人必須要陪著我的祖父在他蓋的山頂上的寺廟過夜，整個晚上聽他和那個和尚聊天，聊天的內容其實不離黃帝《素女經》那一套，我聽他們講到黃帝夜御十女（一個晚上可以擺平十個美女），當時我很小根本聽不懂，但是我遺傳我祖父這方面的天賦，聽過幾次，長大之後我知道他們在講些什麼。我談這些事情的目的在哪裡？我認爲我祖父根本就不吃和尚那一套，他信哪一套我不知道，但是他不信他自己在搞的那個寺廟那一套，簡而言之他不隨便信任何一套，遺傳到他，我的狀況好像有一點相似。

剛才我在外面走路運動，一路上我想起當年祖父告訴他的朋友說：「她告訴我說，我先走一步了。」這句話是我從祖父的臺語翻譯過來的一句北京語，剛才我重新翻譯改正爲：「她告訴我說，我先啓程了。」或者「她告訴我說，我先出發了！」這樣子意思更接近。

早上我和女兒在電話中互相問候，我們談到了兩個英文單字：magical和incommensurable。我告訴她：說一個人看起來magical，意思是說這個人具有魔術般的性格，或者說這個人具有神祕迷人的特性。在我繼續談論我的祖父的時候，我可能會用到這個字、這個形容詞。另外一個字incommensurable翻譯成爲「不可共量」，我舉例說明一下：用一個單位長的線段作爲直角三角形的兩直角邊做一直角三角形，則它斜邊的長和直角邊的長度兩者之間incommensurable不可共量。下面需要簡單交代我自己本身的時候，我可能會用到這個字。

曾經好幾次被問到我在哪裡出生。媽媽要生產前先去了臺北阿姨家，準備要進醫院生產，但是那一天突然之間緊急生了出來。因爲從小外婆家裡很窮，所以阿姨送給一家很有錢的人家當養女，我出生的這個房屋就是「連瑞記」這個顯然不小的蔘藥廠商。一九四九年國民黨來到臺灣後一段時間，「連瑞記」整個事業賣出去好像一兩百萬臺幣，當時的一百多萬那是非常不得了的一筆錢，後來遇到舊臺幣換成新臺幣通貨大膨脹，「連瑞記」整個跨掉。今天大年初一我打電話給阿姨拜年，同時問起他們家當年的事業及規模。她今年八十六歲，講話聲音宏亮、中氣十足，看起來身體無恙。「連瑞記」的房屋沒有拆掉，地點在迪化街一帶，裡面有天井、有魚池，庭院深深好幾層樓，那才是眞正的古蹟。他們所僱用的員工、他們的生意我一聽就了解到是怎麼樣的狀況。他們家的家具不是我們家紅磚小洋樓裡面的家具所能相比的。我問她，多久以前去拜訪表阿姨位在武昌街一段六十四號的老家？她說最後一次去拜訪的時候，已經被改建爲十幾層的鋼構大樓，很多年之後，最後賣給了法鼓山。表阿姨家改建之前是日式厚重的木頭地板、樓梯，上了幾階寬闊的階梯之後分左右兩邊的階樓繼續登上二樓，樓下四周圍圍成一個院子，好像養了一隻狼狗。我們家紅磚小洋樓從來沒有裝過冷氣空調，那是因爲不需要，住在裡面不會被熱到，但是在我小時候我到別人家去，他們老早就使用抽水馬桶了，我們家的廁所很早就有磁磚也有化糞池，但是沒有抽水馬桶。多年之前我到鶯歌陶瓷博物館參觀看到他們展示一塊紅磚，我們家房屋用的就是這種磚，它的名稱叫做「胭脂紅磚」。這個名稱是我祖父告訴我的。鶯歌陶瓷博物館還展示了幾個冬天用的火爐，那個火爐沒有我家那個火爐來得好，只是形狀一模一樣好像是同一家工廠出來的，紅磚小洋樓裡面許多的家具因爲後來借給人家拍電影，被那些拍電影的人員搜刮一空，包括日本擊劍使用的頭盔、服裝、護具、木劍、竹劍等全部被拿走，不但如此他們還臨時在裡面做出一個燒飯的灶，使得後來參觀這個房子的人完全被誤導。

我在親戚朋友家裡看到的家具，例如大理石的太師椅，都比紅磚小洋樓樓上客廳左右兩排的大理石座椅和茶几來得精緻。我們家的大理石桌椅是完整的整套，一個間隔一個茶几，望之儼然，但是在臺北的親戚家裡所看到的卻是更高一等的東西。

我姑媽大我十多歲，她嫁到天母呂家，她的婆家一樓和很多其他的住家相連成爲一大片的古厝。他們家一樓是古老的那種設備，二樓是現代化西式。我姑丈的哥哥是一個建築師，這位建築師高大英挺，談吐非常幽默，是一位眞正的紳士。他居住的地方在二樓，我常常在他的臥室還有他自己專用的客廳進進出出，從他的臥室的落地窗看出去，可以看到一大片廣闊的田野，經常看到外國小孩在那邊騎馬。他的臥室裡面有非常舒適的彈簧床，小客廳裡面，應該說是他的書房裡面，在很大的書桌上有他的半身銅像。他彈鋼琴高歌，牆壁上有一幅看起來非常値錢的靜物油畫。他的書櫃裡面日文書占大多數，也有幾本英文書，但是最令我印象深刻的是他的書櫃裡面有一套日文版的《世界美術全集》，那一套印刷如此精美的《世界美術全集》，幾十年後才看到中文版在臺灣出現。

回想我的上一代，有幾位讓我這一輩子永遠沒有辦法忘記他們，如今他們大致已經全部退場，但是他們的一言一行，還有他們的風采永遠被我珍藏在內心深處，偶爾會拿出來與人分享一下。

這位建築師他曾經到我家紅磚小洋樓拜訪過一次。我們家樓下原本有一間接待客人的房間，裡面有全套的大理石的座椅和桌子，比較重要的賓客我們會請他上樓，這位建築師和我們有姻親的關係，我們請他上二樓。他一走進二樓的大廳，立刻就挑選兩排太師椅中，左邊那一排靠尾端最後一個座椅端坐在那裡。幾乎每一位上樓來訪的客人都是一樣挑選那個位子來坐下。

當時交通非常不方便，從臺北來到我們這偏遠的山區小車站，需要轉車坐小火車，這種比較小的火車一節車廂之外同時掛了幾節載煤的車斗以及貨運車廂。火車會通過很多隧道，蒸汽火車頭每過一個隧道，乘客就要吸進大量的煤煙，熏得鼻孔兩管黑煙囪。每到一個站，乘客也必須坐在車廂裡面靜靜等候卸煤、上煤 或其他貨物上下。這一趟旅途非常辛苦，感覺非常遙遠。

可以說這一位建築師眞的是不辭辛勞而來，那種耐心値得我們珍惜。我花了不少時間來描繪這位建築師他生活的環境，他的文化素養，他的知識水平，最後我想起他一身西裝整齊，非常謙虛地坐在兩排太師椅裡面最謙卑的那個位置，我沒有描述他有多富貴，但是我敢確定他具有足以評鑑事物的眼光，以他的見識他不會爲我家紅磚小洋樓表象的氣派，還有稍具規模的礦業事業感到大驚小怪。當天他和我祖父面對面，我看到他誠摯地表達他對於面前這一位魔術般神祕迷人magical，也算他的長者的肯定與敬仰。這兩位男人一次在我家紅磚小洋樓短暫的「第三類」接觸的那種場面令人永遠無法忘懷。

在我的記憶中，祖父即使在晚年時，無權無勢了一段時間，還是一樣受到每個人的尊敬，後來他常常帶我拜訪臺北各地的朋友，那些人都不是鄉下人，他們是現代的多了，可是他們還是非常歡迎我祖父的到來。有時他們會留我們在他們家過夜，受到他們殷勤的款待。

我祖父在淡水去世，送葬隊伍非常的長。因爲事先沒有經過協調，大家各自安排了樂隊，於是有太多的樂隊，各吹各的樂，眞是奇觀，我在隊伍裡面行進，聽到路人紛紛交頭接耳在問這是誰？隊伍這麼長卻不認識這個人？

我祖父一輩子受到絕大多數的人當面表達敬意，但這位建築師所表示的敬意，我相信是我祖父特別珍惜的許多人裡面重要的一個。

這位建築師可能大我二十歲左右，我一位遠親的表姊大我十二歲，即使在我上一代的長輩裡面這兩位還是顯得特別突出。

我一輩子結交的朋友如果拿來和這兩位比較一下，馬上感覺到完全格格不入，彼此之間精神結構的震動頻率不一樣。用我的語言來說，就是他們彼此之間精神構造不可共量 incommensurable。認識這兩位是我平生的幸運，是我永遠珍藏的珠玉，尤其當我年紀稍長才接觸到我這位表姊，使得我更能了解她、欣賞她。上上個禮拜我無意間找到她以前寫給我的信，過了幾年之後讀她的信，我才突然發現我這一輩子能收到如此水準、如此懇切的來信，居然沒有好好珍藏起來！　基於如此的原因，我特別把建築師不遠千里來見我祖父，以及他們短暫的接觸特別記下來。

四年前我的小孫子剛從月子中心被帶回來，我兒子抱著他走過來，他說這個小嬰兒很淡定，我發現這個小孫子眼睛睜得大大的，確實用非常淡定的眼神看著我們的一舉一動。我的孫女比他大五歲，孫女從地上練習站起來走路，她第一次走路是在一家百貨公司的兒童遊戲的軟墊上面，兩個大人小心翼翼地幫助她慢慢練習完成她的第一步。有一天傍晚，我在兒子家看到這個小孫子在地上爬，他爬的動作和我所見過的小孩子完全不一樣——他的手舉得很高用力拍下去，然後另一隻手從後面繞圈向前高高的拍下去。昨天看到他還在地上爬，第二天早上我人再過去已經看到他站起來在地板上走來走去。

有一天我兒子有感而發地說：「這個小子將來長大不知道要迷倒多少美女。」我告訴他說：「這個孫子將來無論他的成就如何，總是會有標緻的女子死心塌地地跟隨著他；將來無論遭遇到何等的困難，他一定能夠自行「野外求生」，自己脫困出來。我多麼希望能夠一對一教這個小孫子，一直教到那些比較深奧的高等課程，如果我沒有這個機會，那麼我希望一定要給這個小孫子足夠的一桶金，這一桶金希望給他受到最好的教育。我又告訴我兒子說，從我祖父隔代遺傳到我，然後再隔代遺傳到這個小孫子，這中間有重要的關聯，有非常重要的契機，這一次我絕對不會讓他有任何的閃失。」我兒子問我說：「你居然跳過我?!」我回答他說：「我天天和這個小孫子在一起，慢慢地我彷彿看到祖父模糊的身影在這個小孫子上面呈現出來，那種超然淡定，那種胸有成竹的自信，慢慢呈現出來的神祕迷人magical的個性。」

| 二 |

夜歸紅磚小洋樓（上）

這鐵路繞著山腳走，更顯得陰森孤寂，唯一有人煙的地方是其中的一段鐵橋，從一小商店街的上空跨越過。且說我上了這鐵道，先從一池塘旁邊經過，那池塘一方面因長草的遮蔭顯得灰暗，一方面又由於陽光特殊角度的照射，池面閃出詭異的亮光，即使在白天看起來也讓人感覺有一股不祥的陰森之氣。在陰雨秋冬的黯夜裡，如果再加上一個長髮披肩，甚至長髮覆面的女人現身坐在一旁，淡綠螢光色的臉轉個半邊過來，對著你詭異一笑……。我硬著頭皮快速經過，然後，不到五分鐘，我已經行走在那鐵橋上面了。剛一上橋，從稀疏的枕木間隙下看，在三層樓高下面的街道上，三三兩兩的人正在走動，下面商店的燈光使我看清楚了深度，懼高症一時發作起來，咬緊牙根繼續踩著橋上枕木向前走去。跨過街道，接著是十幾層樓高的河流在下面流動，還好由於陰暗看不清楚，我只顧隨著手電筒的照射，把注意力集中在枕木上面，把目光焦點散開，將橋下深度的視覺模糊掉，並將它排除在視線之外。走完驚心動魄的這一段，接著經過一小型火車站，這車站月台有黯淡的路燈點綴，站內小房間售票員休息室有燈光透出。不知道那值勤的站務員在裡面如何地排遣自己，在孤苦淒涼的冬雨暗夜之中，暖和並放鬆一下自己的身軀，享受熱茶和花生米。我知道那裡面設有床鋪可供休息，相信還有暖和的棉被和一盆爐火。

過了這車站還有一公里多的路要走。不久，這鐵路轉過一個彎，彎進山的內側裡去了，一瞬間後面所有燈光全被擋掉，眼前所見又是一片漆黑，鐵道緊緊依山腳行進。左側山壁上面的林木深處是墳場，我的祖母就是葬在上面，在山的邊邊、鐵道的正上方，為的是能讓她望見我們家那一棟紅磚小洋樓，墳場的入口處就在鐵道的旁邊。

我從小就看著喪家披麻帶孝一路號哭扶棺送死去的親人上山，尤其是我祖母出殯的那一次，由於山路難行，婈棺的人吆喝使力的鏡頭恍若就呈現在眼前。

每次夜晚走到這將近八百公尺的山邊鐵道時，我就必須強忍恐懼的痛苦。當我向那墳場的入口處方向趨近時，我心想，這一段路好長好難走啊！路過那入口處時我的恐懼達到極點，腎上腺素大量分泌，全身汗毛豎起；總算通過那入口了，接著又開始感覺背後陰森可怕，唯恐背後遭受莫名暗算或襲擊，於是我往往倒退而行，注視危險狀況的發生。

這種恐懼是本能的，儘管理智上我不相信在此黯夜細雨中我會遭遇到鬼魅，或者說鬼魅是不存在的，或者是其存在的可能是渺茫的，遠古希臘的哲學家德謨克利特斯早已明白世界是依據著自己的定律運動的虛空和原子所組成，靈魂會隨著肉體生滅，因此畏懼死亡或超自然的鬼魂毫無道理，何況在當今科學昌明的時代還怕什麼鬼神。那時我正年輕血氣旺盛，一股慓悍之氣，有時走到一半心想邪不勝正，人憑什麼怕鬼，死去的人反而比活人厲害？眞是笑話，我也想過，如果眞的見到鬼，是不是反而證明了有同屬超自然而法力更高的神存在？何嘗不是一重大發現與啓示？有時一路上想著，從小到大遭受一連串莫名其妙的待遇，空有年輕健康的身體，清楚的頭腦，如今困居深山之中，一籌莫展，暗夜荒山之中與莫名的鬼物糾纏，一時之間不怒反笑，忽然停下腳步叉腰挺身，舉目四顧叫道：「想惡作劇嗎？現身出來！現出原形來讓我開個眼界如何？」、「上帝啊！祢在哪裡？這荒山夜路就是我的道路嗎？」

然而無論如何強有力、理智上的雄辯與鎭壓，也無法去除人類自亙古以來這種對於黑暗莫名的本能恐懼。

走出了近墳場這一段路的恐怖，轉一個彎另一條鐵橋出現在眼前，這鐵橋沒有上一座鐵橋那麼高，但枕木間距卻大得多，比較危險，尤其是下面巨岩林立，穿梭在巨岩間隙的湍急水流聲，聽在耳朵裡面很不是味道，我必須聚精會神地走過這一段橋面，過了鐵橋我終於走完了鐵道的部分，回到我從小居住的小山村。走過車站旁的小雜貨店，他們早就關上大門熄了燈，無聲無息。我繼續用手電筒探路，上了一個小坡離開家門不到一百公尺了，接著一廢棄的小屋就在路旁，我必須從旁而過。這傾頹漆黑的小屋以前曾住著一個流浪漢，那流浪漢沒東西吃，很餓的時候曾多次到小麵店叫了碗麵吃，吃完之後請老闆娘讓他欠帳，那老闆娘同情他，常給他麵吃，最後實在由於次數太多而被婉拒。有一天早上那小屋圍了很多人，我聽說流浪漢吊死在裡面，許多人處理了他骯髒的遺體，很快地大家就把他忘得一乾二淨了，可是無論白天或夜晚，每當我經過這小屋時，那流浪漢遲緩的腳步和孤單的身影就回到我的腦海中，我爲他難過，也爲自己難過，在如此苦寂黯夜，難道彼此非要遭遇一起，相互安慰一番嗎？各種恐懼參雜在內，我懷著複雜的心情路過這恐怖不祥的小屋。

接著上了一小段坡度，轉個彎，我向前望去，偏遠山區寂寥黯夜之中，一稜角分明、造形獨特的建築輪廓似乎隱約展現在眼前。經過一天的折騰，我終於再度面對我的家門，我又回到了原點，回到這與我宿命密切牽連，無法分離的紅磚小洋樓，一時百感交集，那德國詩人的詩句頓時湧上心頭：「我不知道我爲什麼如此地悲傷！」彷彿一次又一次，在我歷盡各種無常世事的折磨與滄桑，再度回到她的面前，看到她依然無動於衷，如同早已融入於永恆的入定狀態之中不動如山。我抬腿登上院子前面的小台階，門前的楓樹就在我的右側，我伸直右手頂著樹身撐著傾斜的身軀，我垂頭望向地面，平常熟悉的幾段激動澎湃的交響樂的片段，如狂風暴雨般的總奏一起湧上心頭，腦海裡盤旋著《諸神的黃昏》裡面極盡陽剛而又蒼涼與毀滅的北歐神話世界。回想當年祖母去世時，告別式的場面，國大代表火車專車前來，漫山遍野的乞丐，場面空前，蔚爲奇觀，流水席免費供應持續了好幾天。祖父在世時，門庭若市，員工進出，家人聚會飲宴，晚上燈火通明，雖處山中多雨冬季亦不改熱鬧歡笑的氣氛。如今人去樓空，周遭雜草叢生無人理會，房屋年久失修，偶爾天雨還漏水，唯獨這胭脂紅磚的建築結構，稜角分明，線條剛直，前面陽台突出，陽台下面有類似拱門造型的柱子，屬西式結構，氣宇不凡，頗具貴族氣質，抬頭凝視著她，雖然年華已去，但她風韻猶存。

經過這幾秒鐘快速的內心歷程，我定神走過院子向大門逼進，這時我才想起，今晚辛苦的節目事實上還沒結束，重要的部分才正要接著開始。

當我打開大門的鎖，我望見裡面空蕩蕩的客廳與房間，有如一個個神祕黑洞的入口，裡面不知躲藏了多少陰間來的先人鬼魂，如往昔一樣在那裡等我歸來。

一個人生旅途挫敗落魄的一個生靈，在山中黯夜之中，孤單一人走進空無一人、漆黑一片的百多坪的空屋裡去過夜。

我開了燈，但房間大，燈光顯得黯淡，更增加詭異氣氛。當我穿過樓下客廳走到樓梯口時，我總是抬頭向上望向樓上另一端的樓梯口，基於小時候無數次的經驗，我常從這個角度往上看到我那慈愛無比的老祖母站在上面往下看著我。此時我們兩人陰陽永隔，尤其在此山中孤寂黯夜的空屋裡面，我內心感受眞是五味雜陳，我心裡面叫著：「阿嬤！我曾如何地想念妳，如何地希望與妳片刻相聚相敘。我多麼希望妳的鬼魂出現，可是我本能的恐懼卻無法去除，我是多麼矛盾與難過，妳明白嗎？」

爬這一段樓梯時，我心裡想的是，祖父在世時，他是煤礦的主人，也是一家之主，伯父雖身爲國大代表，儘管對待別人態度倔傲，對祖父卻頗爲畏懼，但是只有祖母可以厲聲責罵祖父。祖母對我和我父親、母親非常慈祥。祖母去世時，出殯靈棺離家前往遠處山上時，母親不顧形象，在大庭廣眾之下大聲哭喊到了歇斯底里的地步。我小時候曾在父母親的衣櫃裡看到一小袋金塊，那是我此生看到最多金塊的一次，是祖母送給母親的。祖母是一個剛強果斷、不動聲色的人。我和外婆同住以便就讀外面的小學，在我國小六年級時，有一天收到祖母託人帶來送給我她所使用的一只男錶（男錶鏡面大，方便老人家看時間）。那是一個有秒針的錶，在當時比較稀罕。我收到那個錶，一點也不高興，哪知道祖母已病重，即將歸天，我一直疑問祖母爲什麼不要自己戴？那時全板橋國小只有我戴著一個很不錯的男錶。果然過不了多久我就被帶回鄉下去「住幾天」，於是我看到祖母的病況，她形銷骨立，坐在樓上客廳靠她臥室門口的大理石太師椅上面，旁邊圍著幾個親人。我第一次看到她哭泣，她痛哭失聲。一個指揮若定、剛強權威的長者，如此痛哭的異常景象，令人感受到一種不祥的凶兆。我祖母一生節儉，嘗盡各種人生的苦難，即使到了晚年經濟富裕，祖父、父親、伯父等人天天吃人蔘燕窩，她還是獨獨偏好醃漬食物，那是她年輕時因貧困養成的飲食習慣；她六十一歲時死於胃癌。

就我對她的了解，她死前的哭泣不是在畏懼自己即將面臨死亡，像她這種曠達剛烈的女性，生死早就置之度外，她是爲了不捨離開親人而哭，尤其不放心她的二女兒，也就是我的二姑媽。因爲二姑丈剛去世不久，她非常牽掛她的二女兒此生爾後失去依靠，尤其大姑媽早逝，傷透了她的心在先。我祖母後事交代得很清楚，除了那手錶之外，她還給了我許多其他東西，包括一些她珍藏的嶄新的紙紗等，她也迂迴地對著我這不懂事的學童說了一些道別的話。記得她對我說過，她曾希望能活到看到我長大後的模樣……她交待我父親無論如何務必保護她的二女兒，亦即我的二姑媽一生平安無事，這件事據說她講得非常清楚而仔細。她所永遠無法料想得到的是，後來我父親泥菩薩過江自身難保，連帶使得我——她所疼愛無比的心肝長孫，吃盡了苦頭，迄今一籌莫展。如今冬雨黯夜，孤單回到原點，想望著天上慈愛祖母的音容，我很確定，若不是上天如此虧待她，以她的天賦異稟和鋼鐵般的意志力，必定會是社會上難得一見的女中豪傑，成就一定非比尋常。想到此處，感懷身世，不禁悵然。

經過不到一分鐘心緒的起伏，我已登上二樓，當我走到臥室門口伸手開門時，我本能的恐懼再度升起，我的背後正對著我那早就死去的大姑媽的房門。我大姑丈戰死在南洋，大姑媽收到骨灰之後就發瘋，不久病死，她死時非常年輕，想來也是一位性情激烈的女性，不愧爲蔡家的一脈血統。她爲愛而死，我特別敬重她的地方在此，也因此每當我看她的照片時，原本非常美麗的外貌，被我另外加上一層高貴悲劇性的氣質。

我大姑媽那房間始終空著，從我小時候起就是如此，從來沒有人進出過。那空房正好成爲我幼年以來晚上夢境的舞台。山區單調的生活，就藉著夜晚熱鬧的夢境來補償。我常夢見一個年輕，穿著潔白女裝的年輕女鬼，無聲無息地躲在門後，或偷開一條門縫向外窺視、微笑，甚至故意惡作劇，常常逼得我從夢中醒來，嚇出一身冷汗。

到了長大成年，重回舊居，暫時棲身在這大房子裡面，即使一股年輕慓悍的陽剛之氣在燃燒，在那孤寂的黯夜裡，一個孤單的人生旅途的流浪者，在那空蕩蕩的房子裡，在昏暗的燈光下，看到空在那裡的一間漆黑的房間時，仍然感到萬分的不自在。

進了臥房，脫掉上衣，由於晚間已在學校單身宿舍裡洗過澡，雖然走了兩三公里的夜路，不時嚇出了幾身冷汗，我還是不想再洗澡，我準備就寢休息，這一天過得太辛苦了，而且空洞貧乏，非常遺憾而且疲倦。

床是西洋古典式的，有三面大鏡子，一面向外，兩面在兩側互照，可以互相反射照出無限多影像。床邊有四根柱子，頂著床頂，蚊帳拉開時有滑軌移動的金屬聲音，我從沒在別處見過和它相同的床，它是黑心石木造的，床板是高級的藤編織而成，夏天睡起來涼快，是我父母親以前使用的。

床前是一座大型的衣櫃，也是西式的，我從沒有在別處見過這種式樣的衣櫃，一扇衣櫃門的外表是一整面大的鏡子，打開這衣櫃，一種檜木原木的香味飄散出來，數十年來不變。上床之前難免在衣櫃門上的大鏡裡面和自己對望了一眼，十足楚囚相對的一眼。接著轉身上床，床上三面大鏡齊相互照，於是無限多個本人的影像對稱整齊呈現，然而這些假象並沒有營造出一些熱鬧的氣氛，反而更襯托出這黯夜大空屋裡面極端孤單寂寞的詭異氣氛。

夜已深沉，偏遠山村的居民無處可去，早已乖乖上床。回想我昔日居住的熱鬧市鎮，此刻許許多多好玩的活動還沒收場，在那溫軟香甜的歲月裡，三兩同學或鄰居在街頭漫步或騎腳踏車夜遊，熱鬧的夜景頓時浮現在眼前，八九個同學頂樓露天聚會，談天說地吃宵夜，喝飲料，說不盡的輕鬆自在，看午夜場的電影，看盡了那電影全盛時期數不盡的影片，神遊世界各地多彩多姿的風土人情，多少豪傑之士的感人故事。眞是美不勝收，令人無限嚮往，不像在此黯夜山中大空屋裡面孤單一人和想像中的鬼魅糾纏，充滿了蒼涼、黑暗、孤寂又詭異的氣氛。

當時我還年輕，雖然一時之間「夜深忽夢少年事」，可是沒有隨之而來的「夢啼妝淚紅欄杆」，心想困居山中只是一時，不久我將重回繁華的世界，重新做一個文明的過客。我絕對料想不到，隨之而來二十二年的時間，我被困居在這小小的偏遠山腰裡面，在這二十二年之間，我在外面度過的夜晚總數不超過半年。當時我頭腦清楚、精神飽滿。卻把我畢生最精華的二十八年時間耗盡在偏遠山區的一個小型的國中裡面，那時正值臺灣經濟起飛，我的同學與友人們不少在外大展身手，而我則被一群小醜山死死圍困。顯然，這些小醜山各自具有慚愧的表情。

我繼續午夜思維，在山中深夜的此時，美國、那黃金國度不正是旭日東昇？昔日身邊的密友、同學此時正飽覽異國壯麗的景色與親身經歷多彩多姿的人文世界。一方面進修學業，光明遠大的前程等著他們去開創。

我的幾個學業與事業比較順利的同學，似乎都有一個共同的特徵，除了天資聰穎之外，尤其重要的是良好的家庭環境，而良好的家庭環境最主要的是良好的家庭經濟能力。幾個出國留學或出國定居置產的同學碰巧都是板橋鎮上開店、從醫或擁有周邊若干土地，由於都市快速發展，本來一間簡陋的雜貨店，連同面向街上的幾間簡陋的住家平房，改建成現代多層新式建築並擴充店面出售，也有原先不起眼的土地突然身價暴增爭相興建房屋店鋪。一家街上西藥店老闆只因擁有郊區一些地皮，搖身變成「田僑仔」移民美國，每年回臺居住三個月專爲收錢，在國小那惡補亂教的環境之下，有些家庭，因爲有兄姊指導，於是除免於被教師或環境誤導而順利考取進入好的學校，一路順利完成學業。我認爲正確的指導而不是惡補才是幫助學生贏得聯考的關鍵。我生長的家庭正好缺少這兩個重要的元素。

我祖父讀私塾懂漢字，他的水準是《三國演義》、《西漢演義》，我祖母目不識丁，甚至綁過小腳，後來中途而廢，她的腳掌因此受到相當程度的扭曲。這兩老人家天賦異稟，在深山裡面找尋並發現煤層，大膽集資開挖深入地下將煤取出，一天出煤一百多台煤車。這紅磚小洋樓雖遠比不上現代的建築規模，但已足以顯示一個貧困出身、生性節儉的創業者的一點財力了。

當時我就讀板橋國小，班上包括縣長的兒子在內，我可以跟任何一人平起平坐。（祖父母去世時，國大代表等都專車前來祭悼，祖母去世時本地國小校長當司儀（當時沒有國中。）祖父在淡水去世，當時謝姓縣長曾親自前來燒香。）

日本戰敗，國民政府來臺，祖父母固守山中，不知外面世界急遽變化，不能加以因應轉投資，父親初級職業學校礦冶科畢業，深山之中見識膚淺，無能謀生，處處被騙，祖父白手起家創業的一點火種沒有留傳下來。

我永遠不會忘記我一文不名的出身，和我困擾失序、缺乏正確指導與良好學習對象的幼年環境。家裡沒有留給我任何產業倒還其次，深山裡面的環境加上爾後和外婆住在一起度過的一段虛耗的童年，導致我初次聯考挫敗。（以些微分數之差從師大附中掉到板橋初中）爾後惡性循環，終於淪落到今天如此這般落魄的境地。

這就是一個年輕落魄生靈今夜此處的一番自我辯解與感言。

終於我把身體放平，闔上雙眼。我一向容易入睡，我即將睡去，我將把自己的全身孤單無助地暴露給這荒山黯夜大空屋中難以預測的詭異神祕。

我做了兩個簡短的夢，這夢境的舞台比眞實世界的經歷還要嚴苛，我夢到我隻身處在高聳濃密的巨木森林之中，這森林枝葉蔽天，夜晚四周景色單調黯淡，我捲曲在一單人帳篷之中，強自取暖。

我又夢到我辛苦爬行於一狹窄的通道之中，其出口處爲一僅容身軀勉強擠過之框架窄門，我努力爬行想衝出此一窄門……我不斷嘗試……終於心力交瘁。

（後記：蘇武杖漢節牧羊於北海十九年，「始以彊壯出，及還，鬚髮盡白。」從我童年十一歲離開，之後歸來定居二十二年，我此生中的三、四十年年華就困居此山中，在百坪大小的胭脂紅磚小洋樓中度過，這與我宿命牽連的紅磚小洋樓，當我第二度離開她時，猛然驚覺年華已去，垂垂將老矣。）

｜三｜

夜歸紅磚小洋樓（中）

——風狂雨暴夜未央　我與紅磚小洋樓

十多年過去了，回憶颱風天的一個夏日午後，三到四點之間，我騎上125cc山葉打檔機車，雨衣外加一雙拖鞋，從臺北市鬧區住家出發，目標是三、四十公里外，山區裡面孤單獨立的紅磚小洋樓。

三、四十公里的路程感覺近在咫尺，然而，這嶺下紅磚小洋樓在我心目仍然有如幾百公里翻山越嶺的遙遠，這是我幼小居住所種下的印象，至今難以改變。幼年、童年時期的嶺下對外交通只有主要用於運煤的鐵道，除了專掛煤車的貨運列車之外，每天附設班次有限的客車服務，客車車廂一節之外通常加掛好幾節運煤的車斗或運煤的空車斗，還有運貨的貨車車廂，體型較小的機關蒸氣火車頭BK（B指和往復蒸汽機相連的有兩大輪，K指火車頭後面所附的是一小型儲煤槽。CT指三大輪一大槽Tank，DT以此類推。當時平溪線火車頭用的是BK，縱貫線用的是CT和

DT，縱貫線貨車列車車頭往往用的是DT——我的印象是如此。）

蒸氣火車頭動力來自燃煤，發出「強強」費力拖車的聲音，後面客車車廂內的乘客不時迎面襲來一陣濃煙。平溪鄉鐵路隧道多，列車行經隧道，嗆鼻濃煙將人車完全淹沒，一趟車下來，大家往往灰頭土臉，特別是鼻孔出入兩管黑炭是爲常事。由於加掛貨車、煤車和空車斗，每到一站必須交卸煤車、空車斗和貨車上下貨，乘客必須在車廂裡面苦等火車司機和站務人員吆喝趕時間運作。

平溪線當時只開到三貂嶺，到了三貂嶺必須換月台苦等宜蘭線火車轉乘到基隆或臺北。（當時沒有北宜線和花東線鐵道。）簡而言之，來去一趟臺北，行車與轉乘加上班次少的因素，必須耗損一天大部分的時間。到臺北或基隆必須倉促辦事並時時留意回程車班的安排，回到嶺下往往已經是接近半夜的末班車了。

當時除了鐵道運輸之外，對外交通一律封閉，即使鄉內往來也是如此，人們行走鐵道和羊腸小道，鄉內連腳踏車都沒有，即使有，也沒有道路可行。嶺下永遠給我一種遙遠、荒涼、單調、貧乏封閉的印象，迄今難以改變過來。

今天這三、四十公里的道路是後來一段段由小路、開挖山路、石子路到拓寬柏油路。我第一次回鄉時，客運通到文山，平溪到文山是石子路。我記憶中大抵如此。

機車貼著大地不疾不徐前行，陽光強烈刺眼，溫溫的雨水不斷打在臉上和腳上——暴風雨來襲的前兆，氣象報告不斷提醒。從矗立高樓大廈的街道盡頭轉入長長的隧道，進而小鄉鎮的街景一一不斷後退，最後轉一個大彎進入上山坡道，我已行經雙溪口，山路彎曲不斷向上爬升。我喜歡騎機車登山，它比汽車更貼近地面，更加令人感覺人車合一，隨心所欲運作自如，既聽話又精力無窮，右手油門輕扭，車子奮力直衝。

然而這不是我捨汽車而轉機車的理由，直覺上這一次的颱風非同小可，颱風過後路況難測，開車上山可能到時無法下山，機車則屬適應能力較佳，這是我當時的預測與判斷。

我在颱風前的小型風雨中騎機械鐵馬奔馳上山，腦子一時空閒下來，開始不斷回憶往事。

機車在彎曲的山路中抓地往上爬升，不費吹灰之力，油門一扭車子爆發一身蠻力往上竄升。上了一陡坡，接著是一段平緩的寬闊道路，路過姑娘廟，周圍有許多住家和小店鋪，經常冷冷清清。過了姑娘廟，繼續向上衝刺，在過隧道之前，先經過五坑這一段路。我回想多年前，一次寒冷冬夜因爲晚歸，同樣騎機車路過此地，因爲身體抵擋不住一路寒風吹襲，全身打冷顫，一種深深刺骨的寒意直入骨髓，入侵五臟六腑，驚覺再不設法自保，恐生不測。於是倉皇將車隨意停置路旁，逕往路旁山坡下一戶人家去敲門。

一位老婦人開門讓我進去，一下子帶我進入廚房，原來這老婦人和三個幼童各據舒適的位置——開著灶門，映著紅紅火光取暖，對照著外面荒山寒冬黯夜景象，此處呈現出一幅無比溫暖幸福的人間圖畫。老婦人倒了一杯熱開水給我，這簡陋而溫馨的廚房，其物理與精神的暖流立時驅除了全身浸透的刺骨寒意。

老婦人借給我幾件破衣服，我一件件往身上堆，她說不嫌棄的話，姑且禦一下寒；我再三向她道謝，幾天之後，我專程前去歸還衣服，並表示感謝之意。

機車繼續猛力沿蜿蜒山路爬升直到最高點分水崙，開始展現平坦道路，以及路旁稀疏人家。從童年到少年，我曾居住在板橋街上，有時午夜夢迴，想到少時玩伴相聚、相偕四處遨遊那一段段歲月，那夢境的背景舞台涵蓋以板橋爲中心周圍的中和、永和、萬華、樹林乃至於臺北、新店（碧潭游泳划船）、甚至遠至鶯歌，幾乎每一條重要腳踏車行走要道以及重點街道，景觀無比清楚，然而經過深山離群索居數十載，如今每到上述各地點，一眼望去滄海桑田，各種建設林立，早已面目全非，無法辨認，完全無從追憶。（記得當時從板橋到新莊隔著一條河，甚至還必須乘小渡船往返。）

記得我曾在舊臺北火車站前館前路和忠孝東路（昔中正路）相交接處一違章建築前買燒餅油條，一邊付錢一邊踩著腳下隨便鋪設的木板，木板擠壓到下面的汙水，飛濺出來而必須快閃開。今信義路、古亭一帶曾經有一大片違章建築，中華路原先沿線有兩長排違章建築夾在火車軌道旁，火車經過時夾著各種震動與噪音，車廂上的乘客可以從車窗下望那些貧民窟似的住家廚房，燈光黯淡，有人穿內褲在吃飯、殺雞、洗衣服、倒汙水等等。之後這些違章拆除改建爲鋼筋水泥三層樓，沿鐵道八大棟的中華商場，引來大批顧客採買電子零件、修理電子產品、買賣古董、各種日用品買賣，小餐館大陸各省味，西裝裁縫訂製修改，理髮店、早餐豆漿、唱片行、小書店、二手書店、「宇宙觀」命相館，五花八門，應有盡有。最後中華商場拆除，如今的中華路、如今的鐵路地下化及捷運、如今的臺北火車站，一切眞如滄海桑田。

昔日舊臺北火車站的建築及其整體構造，我如今仍然清楚，因爲從幼年開始母親帶我到臺北訪友與遨遊，之後長大自行乘車來去，進出臺北火車站的次數已難以計數。如今的臺北火車站我喜歡，從前的臺北火車站我懷念，懷念到午夜夢迴仍然出現在眼前。努力加以追憶，一切又模糊遠去，令人神經衰弱久久難以平復。今天臺北熱鬧喧囂，無盡繁華，回想幼小之時，晚間和媽媽行經今日西區東區許多精華地區，燈光黯淡，杳無人煙，必須快速經過以免萬一。

你能想像我十來歲時就在今日忠孝東路三段二一七巷——所謂的名人巷附近，和長輩一起在那裡聆聽一鄉下老農打扮的男人，倚靠著一棵老樹談論他的耕作灌溉、地主土地的事情嗎？我就以上述回憶來臆想整個大臺北地區幾十年來迅速發展的印象，襯托我離群索居牧羊山村時間的靜止與緩慢變化。我比蘇武牧更多次的羊，比魯賓遜飄流更長的歲月，比鄧帝斯（基督山伯爵）坐更久的牢。

我對古亭的印象是：我大姑媽早逝，女兒一出生就被姑丈的弟弟，也就是我表姊的叔叔帶回去撫養，我們蔡家爭不到撫養權之下，只好經常前往高家探訪。那時他們住的地方就是古亭，媽媽帶我去過無數次，我和祖父也去過幾次，他們家賣烤地瓜維生，表姊的叔叔推著烤地瓜的小車沿街賣地瓜，他們家很簡陋，可以稱之爲貧民窟，一大片鄰居也都是簡單違章遮避風雨過著貧困的生活。年幼的表姊幫人背幼兒，一天工資一角，也就是一毛錢，當時的一毛錢可以買兩顆糖果或買一枝便宜的鉛筆。表姊虛胖，口角泛白，媽媽告訴我說她可能營養不良，要想想辦法，每次去看表姊，離開時她就伸手抓住媽媽的衣服，默默若有所表示。有時媽媽徵得同意帶她回到紅磚小洋樓小住，表姊一樣態度自如，天眞無邪和我們玩在一起，開玩笑、惡作劇。她困於貧窮環境，但遺傳蔡家的氣質依舊。蔡家一直供她求學的費用，我唯一一次去強恕中學是媽媽帶她去應考，可惜沒考上，之後她上了泰北高中。表姊如今定居紅樹林水仙山莊別墅，表姊夫事業有成，臺灣與中國有不少資產。

由於一些奇奇怪怪的原因，她竟然與蔡家紅磚小洋樓沒有繼承關係，也就是說具有蔡家血緣的她對這紅磚小洋樓沒有發言權，反過來說另外幾個沒有血緣關係的人卻掌握著否決權，有如中國人所說的釘子戶，阻斷了紅磚小洋樓的命運與發展。容下篇完結篇時加以明白交代。

每當我上了分水崙，放眼一看幾十年來建設與人物固然略有增加與改變，但基本面貌輪廓不變。機車很快來到菁桐，溫泉商店一家生意人，從小到老無一不親切熟識，街上隨意行走，熟悉的面孔隨處可見，雖然各添歲月刻痕，但人物依舊，大家相互問候保重，眞實領略老街風情道地原味。

機車巡過菁桐、平溪到嶺腳的這一段道路與街道，每一熟悉的店與人與故事，是我離群索居於此，滄海浮生數十年累積的記憶與印象。

於是我到達終點站，嶺腳火車站，機車跨過鐵道，高家雜貨店親切的招呼過後，車行碰到丁字上坡小道必須直角右轉，在漫長的鄉居「牧羊」數十年歲月中，我每當行車或步行經過此一丁字路直角轉彎時，無不悚然一驚，估量一下我已經如此行經此處幾次、幾十次幾千次、幾萬次……人生能有幾次，有如魯賓遜在荒島上，基督山伯爵在黑牢中計算他荒廢逝去的生命時光。

沿小路直上，巡過幾間鄰居住家，上一個小坡，左轉舉目一望，我終於又回到了原點，那紅磚小洋樓，坎坷風霜、蒼老而又傷痕累累，猶不失其線條剛直，稜角分明，隱然天賦異稟的氣派呈現在眼前。

此時已近黃昏，風雨聲勢越來越大，鄰居正各自穿著雨衣默默加強檢查門窗與屋頂。機車上了院子，我那隻巨型秋田狗小跑步衝了過來，米黃色毛皮覆蓋下是大塊結實的肌肉。牠那永遠昂首闊步的英挺外型，加上那直挺挺向上豎起由後面微微向前彎曲的尾巴，尤其是牠那寧定恬淡而又展露忠誠的眼神，使人想起日本武士恬淡、剛毅、勇氣的節操。

我是第三手養這秋田，前一手不知牠的來歷，是他在公共場所看到這外表不凡、鶴立雞群的流浪犬將牠帶回家，後來割愛送給我，我因此同樣不知牠的來歷。從牠的毛色與體態可以看出牠的第一手飼主必定是一愛狗人士，何以做此推論自有我的道理，除了用武士加以類比，我有時拿華格納樂劇《尼布龍根的指環》劇中的齊格飛加以比擬，齊格飛從來不知恐懼爲何物。（這隻秋田和我相處幾年，在牠從我面前神祕失蹤之後多年，牠爲我帶來了一件幸運的美事，這屬於我個人的事情和紅磚小洋樓無關，暫不細述，但我很想爲這秋田敘述一些事情，因爲牠如同我一樣，曾日以繼夜孤單相伴這紅磚小洋樓好幾年之久。）

我在陽台下的廊下將機車停妥，蹲下來撫摸我的愛犬。我不知別人家養的秋田性情如何，長住紅磚小洋樓的幾十年間，我養過許多不同品種的狗，有大有小、有的聰明有的笨、有膽小神經質、有什麼都不怕的、有感情強烈、爭寵嫉妒、有怡然自得、冷靜淡定的、也有兇悍尚未馴服的。諾貝爾獎得主、與聞名動物學家勞侖茲將所有的狗分成兩大類，狼的後裔和豺的後裔。（見《所羅門王的指環》一書）

這秋田是我告別紅磚小洋樓之前最後收養的一隻狗，牠強悍冷靜、異常的安靜、冷不防出手、兩三下結束，可以稱之爲心冷手快。

和牠相處的幾年之間，似乎只見過牠叫過兩三次，唯一一次看到牠狂吠兩聲、蹲低姿勢、愼重擺出防禦與撲擊動作的一次是帶牠到一社區籃球場，看到一座新砌成的水泥造大猩猩，牠凶惡地叫了兩聲。牠的聲音低沉宏亮，帶著嚇人威嚇的聲勢，很快地牠看清了眞相，立刻又恢復牠一向從容無事、怡然恬淡的神態。有一次我帶牠到坪林和平溪交界的山上人家去喝茶，當地群狗狂吠圍了上來，牠則怡然地從小貨車上跳下，傲然挺立，直把群狗視若無物。

又有一次被九隻狗圍攻，圍攻牠的狗有大有小，群狗仗著數量優勢，不斷咬了過來，我旁觀那秋田挺立一處，狗頭轉來轉去、東咬西咬、應接不暇，結果群狗紛紛負痛敗退一旁，狗主人出來制止，最後是牠靜靜地看著面前一隻嚇得六神無主的小狗，坐在地上拱起兩前腿，平舉向前，有如作投降狀。

有一次鄉裡一熟識的青年帶著一隻狼犬和我停在路旁聊天，那狼犬齜牙裂嘴，低吼向我身旁的秋田挑釁，牠始終不去理會。過了不久忽然看到秋田不發一語，一下猛撲過去，那狼犬負痛哀嚎，很快結束了兩狗的之間紛爭。

這秋田恬淡簡樸，自律有如日本武士，我訂做了大型金屬銲接狗籠，牠從不進去睡，向來選擇睡在廊下的水泥地上。我養過別的狗，會哀嚎要求進到屋內和主人共處一起，這秋田則習慣在外面呼吸新鮮空氣。

有一次全村犬瘟熱、腸病毒，群狗死了大部分，我這秋田被感染，雨中顛跛歸來，我從深坑請來獸醫幫牠皮下注射。那獸醫說他怕這種狗，我告訴他，我負責將狗穩住，請他放心打針，獸醫說這種B-complex針打下去很痛，這種大型秋田反抗起來很危險，而且他說他沒見過這麼大隻的秋田（超過五十公斤）。

我抱住狗頭，獸醫從臀部扎了一針，那狗病中依然挺立地上，牠大叫一聲，那低沉宏亮哀嚎是痛的叫聲，但牠動也不動，讓獸醫順利將藥推送進去，那是我唯一一次聽到秋田痛的叫聲，接下來前腿吊點滴，靜默等點滴打完好幾十分鐘，才起來走動，我想秋田其實知道主人爲牠做了什麼事情。

秋田在路上走著，路邊的小狗仗著嬌寵慣了，邊叫邊撲過來咬牠，牠常常不動聲色，但一旦咬起來心冷手快，後果嚴重。我曾爲牠送別人的狗去就醫，包括接骨，也曾爲牠去打破傷風，因爲每次打架都是我去勸架，伸手去分開互咬的兩隻狗，牠總是閃過我的手，從不咬到我的手，倒是對方的狗顧不了那麼多。被來路不明的狗咬到，還是去打破傷風疫苗以防萬一。

這秋田原來什麼名字我不知道，是永遠的謎，我媽媽爲牠另取一個小名叫庫馬，日語熊的意思。

當我離開紅磚小洋樓到臺北東區去住之後，這秋田繼續留在紅磚小洋樓長年爲我看守家園。秋田的事情且先到此爲止，我且忍痛略去秋田最後的下落，以及多年之後牠間接爲我帶來一份不小的幸運禮物。這吉祥物秋田如此忠誠，牠爲我守著這小洋樓，也爲這小洋樓帶來不少生氣與溫暖。我感激牠，必須對牠表示一些適宜的尊重，因此特地以修改過的篇幅敘述一下牠與我之間的往事。讀者不妨自由選擇是否閱讀或逕自略過這一部分。

這紅磚小洋樓寬敞，四面採光通風極佳，夏天永遠不需冷氣，山區空氣清新、少汙染等等，此外居住紅磚小洋樓可以養狗，養狗可以爲享受美好人生添加一項重要要素。

離開平溪到臺北市定居已經多年，這紅磚小洋樓裡各種各樣的設備依然保持原狀，每年夏季我和太太都會偶爾回來居住幾天，重溫以往歲月鄉居生活。冬季多雨，紅磚小洋樓八寸厚的胭脂紅磚牆因陰雨不斷，吸收了大量的水分，牆內面潮溼，夏季則非常涼爽，樓下客廳從來不必使用風扇和冷氣，絲毫不覺得暑熱，樓上日晒之後，白天雖然溫度升高，但黃昏之後十多個門窗全開，佐以抽風機送進室外涼風，徹夜清涼。我在紅磚小洋樓幾十年間，全年清淨的空氣和清涼的氣溫是外面世界所欠缺的。如今全年大部分的時間裡，這紅磚小洋樓無人居住，只一隻大型秋田悠然挺立屋前院子裡樹下，或坐或臥，目迎目送過路行人，並提供遊客攝影紀念。

和狗打過招呼之後，一人一狗進入樓下大廳，走進後面一空房，取出鉗子、鐵絲等等東西，外面天色昏暗，即將進入黑夜，我一個人陸續將樓上樓下大廳正門，從內側分別橫上一長條不鏽鋼管和一長角木，接著陸續處理樓上樓下其他三十多個門窗，一一放下防颱窗，用鐵絲將它們一一固定在磚牆上，這厚重的防颱窗徹底將風雨隔在外面。

這防颱工作對我來講一向是個苦差事，每次至少花費超過一個半小時才能完成，尤其每次都在沉重心情下做這件事，特別是每次在處理樓上左前房間的防颱窗時心情特別難過。

這房間有兩個窗戶，一個窗戶面對著前方院子，另外一個窗戶面對左側的景觀，採光通風非常良好，房內日式床鋪上面鋪有榻榻米。

回想這個房間裡面發生過的一件往事：在一個超大的颱風天，外面狂風怒號，暴雨打在木造房頂上，一陣陣超大型炒豆震撼聲逼迫。（這紅樓早先是層層紅磚瓦片，不僅顏色一致和搭調，而且雨聲小得多。）隱隱感覺門窗似乎有潛在撼動的外力作用，外面風雨、屋內樓上樓下、除了父親在他專屬臥房床上休息，媽媽、妹妹、兩個弟弟正常在屋內樓上樓下各自活動或聊天。

兩個弟弟一個剛成年，一個二十出頭，媽媽五十三歲，我則三十出頭，四個人在樓上前方一間平常空著的房間，也就是我正提到的這個房間裡，難得聚會閒話一下。在這暴風雨的下午時分，弟弟和媽媽原本話就不多，我已經記不起當天談話的大部分內容，只隱約記得兩個弟弟提到一件卑微的希望，希望將來有一天生活能獲得改善，希望能擁有較好的棲身之所，不必讓父母被迫隱居在這窮鄉僻壤、與世隔絕、年老破舊失修的紅磚小洋樓裡面。

曾幾何時，這紅磚小洋樓裡面，祖父母、父親、伯父們，特別是父親和伯父兩兄弟一套套剪裁合身的西裝大衣、皮裘、長統皮靴，即使連貧窮出身的祖父一樣一身富貴打扮，他們神態倨傲，與人談話聲音高亢，姿態自高自大、居高臨下，說他們錦衣玉食、爲富不仁並不過分，如今他的後代子孫落魄楚囚相對，狂風暴雨的颱風天裡在這破舊的紅磚小洋樓中低聲彼此互勉，四個人在一種雖溫馨卻又難掩落寞的氣氛之中母子、兄弟相聚一次。

大弟一邊談話一邊將口袋中的物品掏出攤出，特別將全部紙鈔與硬幣整齊攤開排列置於床沿之上。他身上所有的這些紙鈔和硬幣，事實上在不久之後就全部隨風而去化爲烏有。

如今回憶往事，我們兄弟三人全都從分文不名開始，我這大弟最後賣掉永吉路二千多萬的房子清理最後一筆債務，他投資線切割精密機械近十五年，因產業外移，他最後滿面風霜，落得兩袖清風，小弟則就業與投資成功，資產遠超過我本人。

在兩兄弟成長過程中我沒有提供協助，這兩人各憑天賦、努力與運氣，走各自的路，他們和我一樣沒有繼承到蔡家任何一毛錢的財產。學歷普通，兩人一成一敗，我無法給予評論；在我們所處的環境下能夠如此，兩個弟弟都可稱之難能可貴了。

上面所謂的天賦包括聰明、個性與外貌等等，然而尤爲重要的是運氣，也就是一個人的命。我很想說，大家何妨心胸放寬，諒解一個人爲外在環境因素所命定、所決定的是如何難以抗拒，如同出生的嬰兒赤身裸體任人照顧安排。容我將事情說得簡單明白一點，希望他人以寬宏的心胸，諒解一個在貧困環境條件下的人，在坎坷的人世中要解脫命運的安排與擺布是何其艱難。

在我服兵役期間，大妹寫信告訴我說：「爸爸好像遇到阿里巴巴四十大盜，我無能為力，特此告訴你。」那時我正好部隊從金門回到臺灣，我趁休假回到臺北，發現父親把板橋街上的兩間房子賣掉，後面這一間是向一間婦產科診所買的。我從這房子出門去服兵役，等我請假回家時，我拿著字條上地址找新家，原來父親賣了房屋之後，租下臺北西園路三百二十巷一處公寓居住。

我發現父親所謂的投資其實是被設計詐騙，鄉下人遇到城市騙徒，我仔細分析，舉證給他，並向姑媽的男友表明，我認了，我佩服他，請就此為止放了我父一馬，姑媽也哭著承認事實，叫我放心去當兵。

等我退伍回家，一進家門，看到母親滿臉羞慚，顯然事情不對勁，原來父親不只蕩盡僅有資產，還牽連親友無數，那時西園路的公寓租金以及生活費壓力直逼而來。

大妹能力強、薪水高勉強維持，之後父親去珍山營造廠工作，在他五十歲那一年騎機車途中腦溢血，送馬偕急救保住一命，半身不遂之外，身體機能似有受損衰退，經積極復健，能正常活動，無需專人照顧。

退伍之後我曾錄取私人公司，但爲了家庭如此變故，隨著大妹出嫁，我決定舉家搬回嶺下紅磚小洋樓。

各家具用具從華山站托運上車，那天下著毛毛細雨，妹妹撐傘，雨中道別並致謝。那時我年輕，許多事我並不見得非常計較與在乎。

父親臥床時告訴我說，他希望我妹妹晚一點出嫁，協助支撐家計，我斷然予以反對。那一次搬家，最令我痛苦的是我明白我母親的失望與無奈已到了極點，她不說但我知道，除了尊嚴之外，她其實無法忍受這貧乏單調、死氣沉沉的偏僻山區生活。所謂的尊嚴是事業失敗、一貧如洗、落魄歸來。

當我從外面文明繁華世界回來長住這小洋樓之後，我才深深領會到母親的痛苦與屈辱，即使如今我自己已進入垂垂晚年的階段，每一想起母親此生種種坎坷，我就心如刀割，母親此生的各種失望與痛苦牽動我錐心之痛，如此的遺憾，如此的痛不會隨時間而消退，反而隨著時間的進程，隨著各自不斷退化衰弱而痛苦加深。

請原諒我拿我私人的憾事來煩擾各位清淨的耳目，母親在我心中的種種心事就歸回到我自己，讓我們回到紅磚小洋樓上面。

我上面岔開主題說了這麼多，一方面爲了說明我之所以舉家遷回紅磚小洋樓的緣由，尤其重要的是爲夜歸紅磚小洋樓下篇，也就是完結篇預作一些背景說明。

媽媽原本站在窗戶旁邊，冷不防毫無預警，有如平地一聲雷，一聲巨響，事情發生了，強風突然推窗強灌侵入，整個木造窗灌飛進來，在空中沿直線軌跡快速正面迎面飛撞過來，媽媽就被這窗戶托著平飛跌倒在幾公尺遠的日式床鋪上面。當時我正站在面向媽媽的方向，因此我從正面看到整個飛行與跌倒的過程，只是至今無論如何回想，就是想不起當媽媽被整片從背後飛撞過來的窗戶撞上時，何以竟然適時出現一塊三夾板正好隔在破窗和媽媽後背之間齊飛了過來，想來無非是一塊閒置的夾板加上一些巧合的物理過程的關係吧。

有人喜歡穿鑿附會把這種事情歸諸於神蹟，這件事我不做此想，因爲假設是神蹟，爲何不發生在我媽媽生命過程中，數不盡的困難、坎坷的折磨上面？我母親一向身體健壯，不待我們趕到，她已翻開壓在身上的物體，我們隨即一起奪門而出。

當時的狀況是颱風從正面灌破二樓兩大窗戶，將屋頂舉起吹向天空，消失無蹤，事情未發生前，屋內聽屋外的風聲，至少仍有個限度，有時覺得整個房屋好像有點微微晃動，但總是處於一種屋內照常，屋外風暴雨暴與我暫不相干的情境。暴風灌進來那一刻，瞬間狂風暴雨排山倒海，有如漫山遍野，大群惡獸狂奔怒吼迎面蜂擁而來，舉頭一看，一片大亮，屋頂已被吹走，直接看到天頂，如同突然被送入一正午艷陽高照的曠野，隨著一陣暴烈雨點從上斜斜攻了下來。

莫非天啓的到來？世界的末日？

抑或是天神降臨，佛光普照的前兆？

「爾時大地六種震動，諸天奏樂，天女散花，芳香滿路……。」

歌德的《浮士德》：「我有敢於入世的勇氣，塵世的苦樂我要一概承當，我要跟暴風雨搏鬥，即使在破船中也不張惶。」

這些都是好命人悠遊詩意境界的鑑賞活動；赤裸裸的人生不是如此。對我們這些努力拼生存的黎民百姓而言，即使這小小的一時風災已足以讓我們窘態畢露了。

暴風強大的物理力量將屋頂托住送走，沒有讓它落下傷害到我等，颱風並未完全泯滅風性，它的暴虐尚稱有所節制，知道謹守中道的美德。

我生平曾有幾次面臨生死交關的瞬間。當那種情況發生時，我的經驗是，其實並無太多喜怒哀樂以及恐怖失措的精神情緒過程，腦中並無太多空間容納於事無補的雜念，反而一片澄澈清明，有如進入禪定的境界，此時是絕對理性的反應機制，作業程序本能式啓動，身心能量進入總動員備戰狀態，有如實施戒嚴，一步步精確、果敢與效率，排除萬難，解除困境，依序進行脫離險境的步驟。

樓上樓下窗戶總數超過三十個，門六個，正中大門樓上樓下各一，必須使用防颱窗，窗有十六個，笨重的防颱窗平時用木樑撐起做遮陽用，颱風來襲則一一放下，緊貼外牆將整個窗戶包覆在裡面，防颱窗必須用鐵絲一一緊緊固定在窗戶的鐵欄杆上。

樓上樓下迎風大門必須由內部加裝鐵桿或木條欄腰加壓托住，那木桿穿過內牆面鐵環上面，鐵環上面有手握旋扭可以旋轉加壓於木槓緊托木造大門避免因爲風力而拍打牆壁導致破門的危險。

經過將近兩個小時枯燥單調的操作之後，我將全部三十幾個門窗處理完畢。

此時屋內對外的視線大部分被防颱窗阻隔，從正面四個未加防颱窗的玻璃看出去天色已經昏暗，風雨聲也越來越強大，我將自己關在這老舊紅磚小洋樓之中，孤單迎接這逼在眼前鬼哭神號的颱風惡夜，胭脂磚牆吸飽了水分，裡面木造的樓板，天花板及家具似乎已潮溼發霉。

我自問自答：「爲什麼又是你？」、「因爲你就是走不開！」

我將屋內燈火全開，藉以驅趕黯淡孤單陰森和恐懼的氣氛，此時我恐懼的不是偏遠山區老舊樓房新鬼惡鬼一窩胡搞瞎搞的民間故事情節，而是更為現實可畏的大自然物理力量的打擊，可以想像入夜之後狂風暴雨一起，拴得再緊的防颱窗隨著呼嘯的雨聲而輕輕拍打外牆的聲音，還是會令人想起那場風災破窗而入掀掉整個屋頂，沖毀了無數家具，把二樓瞬間變成一片廢墟的可怕記憶。

我下到樓下，一人一狗在一起，坐著大理石太師椅手持電話筒，牠或坐或臥在我身旁的地上。在這狂風暴雨的颱風夜裡，我在這老舊維護欠佳的紅磚小洋樓中，我太太在臺北大安區最繁華地段的三十七坪住家中，兩人互通電話，隨意閒聊藉以打發這漫長無聊的風雨夜。

颱風天，屋外狂風暴雨，土石流與我無關，鋼筋水泥氣密窗隔開，屋內颱風假、電視長片、災害新聞報導、吃點心、麻將、打牌、閒聊，相互對照更加襯托屋內的平安幸福畫面。這種樂趣就有如，暗夜寒冷山區小屋外暗黑一片，鬼影幢幢，危機四伏，屋內燈火大亮，人丁眾多，彼此輪流講鬼故事的樂趣。

這幾十年來，每遇颱風，我必定在那破舊、看起來不堪大自然物理力量一擊的紅磚小洋樓裡面提心吊膽、無助的守望。

忽然之間燈火全部熄滅，原來在昏黃燈光下樓下客廳簡陋桌椅單調的視覺全部消失，我眼前一片漆黑。颱風夜如此全面漆黑的經驗已有過無數次，但這一次不一樣，我再也不像以往那樣頓時陷入沮喪無助的狀態之中，因爲如今我已重回文明世界，尤其是回到臺北最繁榮的精華地段定居，重新作爲一個文明的過客。燈火熄滅，我想起舒曼《浮士德選景》神劇中，浮士德失明的瞬間，他唱出，「我眼前一片漆黑，但我內心無比光明。」我當時心境和浮士德體驗的心境無關，我感到光明的是電話彼端是我太太在那堅固的大樓之中燈火通明，彩色電視各種熱鬧節目正在進行，如此幸福平安多彩多姿的夜晚，正由窗外漆黑一片的狂風暴雨加以鮮明襯托而呈現；我感到光明的是，以往那種走頭無路的楚囚心境已成過去，明天風雨一過我將立刻回到那美好的文明世界裡去。

在我困居嶺下紅磚小洋樓的漫長時間中，我極度羨慕我妹妹在敦化仁愛圓環的住家（同發天麟大廈——新學友同棟二樓五十三坪和亞洲仁愛大廈十樓四十三坪、八樓□坪，更早期天母公寓一樓）。她居住的環境是我渴望而遙不可及的，永不敢妄想的天堂，一直到了她們舉家遷往雪梨郊區定居之後三年，我才脫困，重新回到臺北居住。

在一片漆黑中，我繼續和太太電話聊天，接著忽然之間，電話聲音中斷，周遭環境從完全的漆黑進一步陷入絕對的孤寂無聲之中，在嶺下山區黯夜老屋中孤單一人面對漫漫長夜。在我幼小時期，由於嶺下小山村如此寂寥單調灰暗的環境壓迫，我常爲一種類似巴斯卡式的恐懼所侵蝕，在午夜夢中夢醒時，常常爲死後永遠的寂滅感到極端的無力與恐懼，巴斯卡說：「無限空間永遠的寂靜使我恐懼。」如今我已不再年輕，我心智已經過不少錘鍊，足以用宏觀的見識來透視此類的憂懼，不被騷擾，我同時也不再爲黑暗與鬼魅的無端恐懼而自己嚇自己，除了身邊一隻凶悍而又忠心的猛犬，虎視眈眈聽我號令，足以驅兇避邪之外，我此時的顧慮貫注在屋外大自然可怕物理力量不斷地展示與威嚇，無暇旁騖上述那些生存有關問題之外的次要事務。

由於一時疏忽，未備好手電筒，我起身摸索，移步到客廳旁安置神桌的地方，打開抽屜找到一盒火柴，劃了一根火柴，微弱的光線照射出破舊蒙塵無人整理的神桌，以及上面破爛不堪的對聯、觀音、媽祖、千里眼、順風耳、金童玉女等排排的畫像。「佛力永扶家安宅吉，祖宗長佑子秀孫賢。」類似於「反攻必勝，建國必成」之類自我心戰喊話的口號。

倒是那青銅製，我祖父旅遊日本時帶回來的鎌倉大佛縮小版佛像，法相莊嚴，涅槃寂靜，卻又如有拈花微笑的表情，超然物外在旁靜觀，在這狂風暴雨之夜，完全不爲所動。

我點了一支蠟燭，並將唯一一包蠟燭帶在身邊，我結束和太太的談話，帶狗上樓準備就寢。

外面狂風暴雨聲繼續著，我上了這烏心石歐式古床，旁邊檜木衣櫃，八寸胭脂紅磚隔開風雨，使得臥室微弱燭火能夠維持。從小到大，我不斷聽來客稱讚這胭脂紅磚建築的氣派與獨創，我則另有自己的體驗，夏季這紅磚小洋樓三面陽光照射，三十多個巨大門窗大開，傍晚涼風暢通，即使午後太陽高熱曝晒，熱氣被隔絕在二樓之上，白天一樓永遠涼爽，將近一個世紀不需冷氣空調，傍晚登上二樓，抽風機啓動吸入外面山區涼風，屋內很快自然涼爽。

然而在嶺下，這夏季好景何其短暫，全臺最潮溼、降雨量最高的火燒寮就在嶺下幾公里處。嶺下秋冬特別長，秋冬的溼寒令人不堪忍受，這八寸的胭脂紅磚，除了仲夏展露它的光采，其他時間似乎吸飽了水分而呈現另一種暗紅，即使臥室內牆也無時無刻掛滿了水珠。

直到今天我仍然不很明瞭，這牆上的水珠究竟是磚牆從外面吸收雨水，水分滲透八寸厚的胭脂紅磚進入室內，或者是室內空間本身相對溼度高，空氣中的水蒸氣密度或蒸汽壓臨近飽和，溫度一降即過飽和，也就是水蒸汽密度或蒸汽壓超過露點的飽和蒸汽密度或蒸汽壓而吐出成爲牆上的水珠，或許兩者的因素都有。反正，這幾十年來，我一直身處於溼寒刺骨，而不是乾爽溫暖的房室之中，以年輕鐵打的身軀過著如此辛苦苛刻的半生。

每次感懷身世，我就想起了我那動能超強的妹妹和她海闊天空、溫暖常綠的世界。

妹妹從仁愛敦化圓環同發天麟大廈二樓五十三坪的住家離開（樓下就是新學友書局），帶著四個子女避開聯考以及種種不正常的教育環境，釜底抽薪解決切身問題，先到伯斯，不久轉到雪梨郊區的Wahroonga，特別挑選一樓平房白人社區置產定居。她前後陸續賣掉敦化仁愛圓環同發天麟大廈二樓五十三坪、仁愛亞洲大廈十樓四十三坪（尚留八樓）以及石牌公寓一樓，毅然放棄臺灣房地產，遠走他鄉而去。在我困居嶺下紅樓的早期，她們在臺北精華區的住家以及生活環境一直是我無限羨慕的對象，（我女兒也曾在她家寄居了好幾年，和我外甥女一起讀仁愛國小、仁愛國中）想不到她們突然之間全家來嶺下紅樓造訪，攝影留念，同時宣布他們即將舉家前往他鄉定居的消息，更想不到在我長年持續爲無法脫離嚴重囚禁困境而痛苦的同時，他們竟然更上一層樓，邁進更開闊壯麗的境地，更是我此生永遠不敢夢想的世界，有如哥白尼之前的天國樂園想望，哥倫布之前的人跡未至的神祕異域憧憬。

這幾十年的困居囚禁，我常以蘇武北海牧羊的歷史加以類比，其實稍微發揮一點想像力，蘇武所面對的至少是視線無礙、一望無際、乾燥潔淨的黃沙，更何況蘇武難道從不下水享受游泳之樂，北海不就是貝加爾湖嗎？

當我多年之後聽我兒在國際電話中告訴我他如何冬季滑雪，夏季在密西根湖游泳時，我曾想起了蘇武和他的貝加爾湖，如今經過坐飛機飛越密西根湖駕車沿安大略湖北上加拿大東部各地的經驗之後，我對該湖的浩瀚有了基本的印象，貝加爾湖迄今仍在我腦海，憧憬中，保持它神祕壯觀祕境的想像。

回想當年就在這昏黃冬夜黯淡燈光襯托下，溼寒刺骨略嫌空蕩的臥室裡面，一個飽受長年囚禁壓抑的生靈一邊展讀外甥女從澳洲雪梨郊區新居來信，描繪社區裡面處處如開闊無比的公園，屋舍儼然、網球場、游泳池、屋內寬敞、羊毛地毯，住家雙磚磚牆，眞正的英式紅磚，社區道路寬敞、巨樹林立（政府登記不准砍伐），平房建築內有噴水池，外有圍牆，附近還有大的橢圓形運動場供各種球類及跑步運動，更遠處有開闊的海灘，車程動輒四、五小時一望無際的草地和牛隻在吃草，各種美麗的房舍建築分布，社區內溫暖常綠、蟲鳴鳥叫，一片安寧，白天有如進行防空演習。最後，她還說到，在澳洲第一次嚐到豬肉眞正的香味。

我一邊閉眼凝神，望斷那天堂般種種無邊無際，任人遨遊活動的人間樂園壯觀景象，在黯然無力的絕望中回到如此強烈對比的被遺棄與囚禁的莫名嶺下一隅的紅磚小洋樓裡面。

午夜夢迴一再閉眼凝神望斷板橋街上人口適中，逍遙散步遊街訪友、電影院、商店、唱片行、買早餐菜……友人歡聚談天、成群騎車出遊……那溫軟香甜的歲月，如今困居在完全不同的世界，這兩世界相隔不到幾十公里，火車幾小時的路程，可是實際上卻比今天女兒和我隔太平洋講國際電話、比我女兒坐長榮航空飛越太平洋還要遙遠，因爲女兒一下飛機，即刻有溫暖的家，和家人接應，而我當時只要離開小紅樓一天即無過夜場所，在困居小洋樓幾十年間，我因不得已原因在外住宿的時間加起來不到幾十天，在外住宿包括住旅店、親友家、醫院等等。

有一年我女兒回臺灣停留了二十一天，回到加州橘郡爾灣她那前院後院草坪如茵、挑高寬敞的住家後，她連續失眠。掙扎了四十天，我勸她再回臺灣。我堅決反對她用藥壓制治療，我比誰都了解她的失眠病，很顯然，突然的思鄉病使她崩潰，於是她神經衰弱，終至三十六小時連續失眠。電話中我告訴她：飛機一落地，一切問題即可迎刃而解。她回來調養三個月，直到懷念起她美國的家，就飛回去了。

她入了美國籍，在美國十多年，定居在加州精華地區，住家環境良好，但她曾告訴我：「我這棵樹原本生長在家鄉臺灣，被移植到異鄉美國，難免有時會因思鄉而發狂。」

於是我跟她說了某日我在嶺下紅磚小洋樓生活數十年的一些經過與感受，她立時的回應是「我沒有你那麼嚴重，我不能跟你比，你好可憐，我聽了好難過！」

我女兒為她如是的狀況而無法承受，但我幾十年比她嚴酷百倍的境遇，沒有一副鋼鐵的神經是不可能經得起如此嚴厲的考驗的。

那烏心石木法式古床裝有三面鏡子，那隻五十多公斤米黃色毛、大塊結實肌肉的秋田站在床前地板上，狗頭高過床沿，靜靜地看著我，屋外狂風怒吼，陣陣的雨水打在木造結構的屋頂上有如鬼神在炒豆的聲音。

秋田的頭在我頭的上方，牠昂首挺立，微向前傾直挺向上的尾巴，從來沒有瞬間下垂過的紀錄，牠看了我一眼，黑暗中兩眼有如兩個小燈，接著靜靜躺臥在床前地板上，一人一狗就此閉上眼睛準備睡覺。

漫漫長夜的折騰，風雨終於平靜下來，天亮我開門出來，除了雨水洗過、暴風吹過的一些痕跡，江山如洗，可是景物依舊，乍看沒有什麼大不了的破壞與大變化的跡象，村民鄰居走出來各自默默整理屋前屋後歪斜的雜物，隔空互報一下平安，我心想又過了一關，大不了也不過如此。

撐起防颱窗，讓空氣流通，陽光照進來，冰箱取出狗食，加上乾淨飲水，餵了狗，我發動機車暫別小洋樓，秋田照例挺立屋前，直挺的尾巴緩緩搖動，用牠質樸的雙眼目送我人車離別而去。

小路一路往下，過了雜貨店，越過鐵道，去除了小店鋪對視線的阻擋，眼前視野展開，忽然看到一大片黃色泥水夾著轟隆巨響迎面滾滾翻騰而下，遠處則是一片黃色汪洋覆蓋住大片崎嶇不平的土地。平常低下而小石遍布的小河河床上，不起眼地流動著的小小水溪，如今猛然暴漲，高高越出河床，向下衝撞，聲勢驚人。我走上人行水泥橋，望著黃色洪水從右方過來，穿過橋下往左方過去，幾乎就要漫過橋面，感覺好像凌波微步行走在驚濤駭浪之中。曾有兩位嶺下年輕人，在如此的大水中從這水泥橋一躍而去，遺體最後在七堵附近尋獲，這青年平時常在小店鋪前閒坐、閒聊，我久久回嶺下一次，常遇到他，照例都會互相問好。如今回想起來，真是「音容宛在」。

過了水泥橋，車行不遠，一片奇景展現在眼前，放眼望去路面已經被整片黃泥覆蓋，有如靜候插秧的稻田，無論汽車機車任何車輛都無法通行。還好機車可鑽進小巷弄，勉強登上地勢高的火車站月台，通過地勢較高的街道，避開一大段稻田式路面，走上平溪街上較高的部分。街上鄉民傳話說鄉公所有麵條供應，如果房屋毀損，鄉公所有地方可供住宿過夜，凡是因受災不方便的民眾可以到鄉公所去。

當機車沿平時平溪街上最熱鬧街頭下來時，我看到昨夜淹水的痕跡，水漫過鐵橋下方人行橋的橋面，仔細一看低於橋面的一大整排住家店門全都被水淹到，越往低處則幾乎淹到八、九成高度，可以從牆面外表看到吃水過後留下的痕跡，不知貨品是否已被救出，看起來非常不妙。一路上聽街上民眾說，鐵公路因風災全面中斷，山路需一兩天才能搶通，鐵路則因爲路基流失，鐵軌懸空，需停駛數月或長期停駛，也有可能恢復之日遙遙無期。

一位老先生站在街上，面向那一片混亂的景象，揮出他乾癟的右手畫過路上一眼望去的爛泥，發表他的評論：「我一輩子住在平溪，從來沒看見過這種景象，哪來這麼多的爛泥到處覆蓋、阻塞河道、水逆流、水漲那麼高。好多停放在路上的車子浮在水上漂走，到處爛泥，就是不知去向。」

他大手一揮，畫過眼前荒謬、誇張的景象，口沫橫飛地繼續發表高論：「別人努力濫墾濫伐，我們則努力引來棄土，爲了一小撮人的利益，整天大卡車進進出出，大家吃飽了灰塵，外面無處去的廢土全都往本鄉送、往高處棄土場堆上去，如今颱風一來，堆積如山的泥土還不是沖了下來，堵塞河道溪流，部分土豪劣紳勾結政府人員，魚肉鄉民……。」

我停下來聆聽他對空演說，腦海裡回想前一陣子在鄉裡見到的場景，棄土大卡車一輛接一輛揚起漫天灰塵進進出出，另有一批平時遊手好閒的鄉內青年忽然似乎被授以重責大任，在交通要道指揮並維持秩序，讓棄土車不受干擾順利進出作業，這些渾身力量無處發揮的青年，忽然一個個神態倨傲，煞有介事，有如國家官員執行公務，令人感到既好氣又好笑。

返回臺北騎車下山的途中看到多處土石擋道，黃色泥水在路面流通，汽車無法通行，機車勉強可過，最嚴重的地方，必須下車推行。和那轟隆凶猛直欲漫出河床衝上河岸的滾滾洶湧黃水成對照的是颱風過後山色如洗，除了幾處土石崩塌，露出一些黃色瘡疤之外，一種暴風雨過後復歸於平靜如常的感覺。

機車進入市區，看不到什麼嚴重破壞的景象，高樓大廈依然林立，居住在鴿籠裡面的千千萬萬的人們，在颱風天看他們的連續劇、政論節目、災情報導，半個世紀不變。

我回到臺北，首先要泡個澡，吃一頓，再好好睡個覺，暫忘一下紅磚小洋樓。

| 四 |

夜歸紅磚小洋樓（下）

——不堪回首話當年（縮減剪接版）

羅素說很多拉丁的格言是錯的，我說很多中國的格言不但錯，而且很沒水準，例如「各人自掃門前雪，莫管他人瓦上霜」、「愚公移山，鐵杵磨成繡花針」、「替人掩飾過錯是識大體的行爲」等等，罄竹難書。

當初祖父、父親和伯父在分配這紅樓座落和周遭比鄰的土地時，基於我對他們的理解，他們是連丟骰子和銅板都懶得做，正如當時有足夠的財力誰先選國代，誰去選立委，或兩個都去選（力量足夠），他們都是隨隨便便決定的。

這紅樓座落的土地就在這種狀況上歸屬給我伯父，紅樓只一線之隔的土地由我父親繼承（被我獻了一大塊供開路活化交通之用）。我祖父怎麼都料想不到這土地轉而落入□□□外姓的控制之中，造成如今如此荒誕詭異而又醜惡邪怪的結果。

短短幾年之間，姑媽的身體衰退得快，對於紅磚小洋樓列入古蹟重建她有時間的壓力，如今她已不方便回鄉，回到這紅磚小洋樓來舊地重遊，用盡了各種淺顯而又謙卑的詞句，展示了無比的誠意，仍然無法免於如此荒唐離奇的結局。當她明白這紅磚小洋樓的命運幾乎已成定局，她抱怨說：「這都是我哥國大代表所造成的。」接著她又說：「我將爲此死不瞑目。」她抱怨她的哥哥，而怒氣則指向另一干人。

於是我開口，輕聲而明白地告訴她多年之前一件眞實的往事，她點頭表示理解，我想這同時也足以讓她多少釋懷了。這是一件邪惡報應的重手制裁的眞實經過，只是有違正常因果秩序編排，它是制裁在先，作惡在後，該制裁手段嚴厲，沉重的一擊，業已徹底翻轉被制裁者生命軌跡之重大運作方向。

究竟我對姑媽所說的是怎麼樣的一件事，任何人假使私下向本人問起，我將視情況選擇告知或拒答，唯獨不願將它以文字呈現，公諸於此處，懇請讀者見諒。

簡而言之，至少這是一件大快人心的事情，替天行道，當仁不讓，天理之昭彰，莫過於此。

被我伯父休了的前伯母，無法分享我伯父一時的富貴，出離小紅樓而去。滄海浮生半世紀不足以形容她遇人不淑的悲苦可憐命運，她被蔡家無情遺棄，任其自生自滅，一名弱女子如何在那困窘的年代裡求得生存？前伯母歷盡滄桑險阻，在她年華盡去，滿面風霜的衰老晚年，有一天突然出現在伯父家中，懇求收留給予衣食，條件是照護中風行動困難的伯父起居，以僱佣身分提供勞力而不是半世紀前的夫妻身分。她的請求獲得接納，她住進了伯父在中央新村寬敞的房子裡面，由於自知年邁，將不久於人世，她將辛苦存下來的一筆小錢交給我那外姓堂兄，等她一旦大行，幫她簡單料理一切後事。

我那遇人不淑的前伯母，背著不能生育的冤曲「罪名」，如此度過她淒苦的一生。不孕的人是我伯父，他罪犯當法官，病人當醫生，冒充內行的業餘的鐵嘴半仙，畫斷陽，夜斷陰，斷送與他結髮女子的一生。且慢，以上我個人的評論全部收回歸零，依據我年事稍長即已被灌輸的一些廉價的道德教條，我不能如此論斷人，尤其是我長輩的狀況，這些事情我也是從其他長輩口中聽來而不是親眼目睹。

外姓堂兄爲她辦理後事這一件事情，我是耳聞得知。就這件事情而言，我曾當面給予「口頭嘉獎」，背後額外「傳令嘉獎」數次，雖然在紅磚小洋樓有關的事情上他值得被記上幾千個大過。

我不知那房屋伯父是租的，還是買的，但我記得，當時梯子下面那公共場所的一角設置了祖父蔡全的靈位供人燒香，一切荒腔走板，情節離奇到了極點，直到當時縣長謝文程先生帶著他的機要人員前來靈前燒香致意被我看到，旁人解說，這才算正式宣告集各種荒謬之大成於一身，已經到了前無古人．後無來者的極致楷模的境界，無人可以超越。每次當我想到這些以時任縣長爲代表的那些士紳，無論他們是爲跑攤或爲尊敬我祖父蔡全而來，他們當時的狼狽和事後「矢口否認」吃糖的窘境，祖父身後任人宰制居然到了如此地步。

這件往事立即勾起另外一件往事。在我服預官役期間，排裡面一士兵被借調到團部當駕駛兵，當時我駐地在臺南新化虎頭埤，我和隔連一輔導長常「公然」相偕在虎頭埤游泳，卻蠻橫自私禁止排上士兵下水，如同我留長髮站在隊伍前訓斥士官兵頭髮長，眞是沒救藥的沒水準，完全是向那些官校出來的一位排長學壞的。

話說這被借調的羅姓士兵一脫離我的管制，立刻溜回來下水游泳，死在虎頭埤。退伍之後數十年，我曾多次重回虎頭埤，追憶這一段經歷，順便憑弔我這位士兵，如今每當我聽那美麗詩意哀愁的蘇格蘭民謠，特別是《羅莽湖邊》這一首時，我就不由自主聯想到當時的虎頭埤。

羅姓士兵的屍體被安置在虎頭埤的岸邊，搭帳蓬暫時安置在裡面，他躺在很多很大冰塊鋪出的「床鋪」上面，排裡面士兵站衛兵看守，主要在於防備飢餓的野狗。

當時虎頭埤岸邊夜晚黑暗、寂寥伴隨著蛙鳴蟲聲，一次兩士兵站衛兵，大家內心不斷恐懼，還好很快地把棺材運來，那是連上負責找人去採購的。棺材送到時那些老士官就說可能太小了，人裝不下，連長就怒斥：「你不會斜著放進去嗎？」結果是退貨、換貨，換來一副較大的棺木，在兼顧節省開支方面連長已盡了力，羅家也沒話說。

羅家對軍事單位提出的要求是羅的兩名直屬長官必須爲羅穿衣服並爲他抬棺。羅姓士兵因溺水死亡，手腳僵硬，手指捲曲，他裡面穿便服，外加軍便服，裡層由家屬爲他穿，我和連長在靈棺兩側爲他穿軍便服。我只記得爲他戴了一雙手套，連長和我二人一人分一手，那手套不好戴。羅家選軍便服爲外層將羅入殮，他們眞的是以身爲國軍一分子爲榮，我就以身爲他的袍澤爲他穿衣抬棺，對他表示我的一份敬意。最後我和連長穿軍禮服，後面兩小行士官兵抬棺將他送出，羅姓士兵的講話神態乃至於他講的話如今我還記憶清楚。

祖父一切後事在淡水辦理，告別式難免一大群萬年國大代表，祖母的告別式正値礦業如日中天，場面浩大，祖父去世時蔡家已沒落多年，可是由於國大代表虛名猶在，而且蔡全餘威尚存一些，因此出殯隊伍非常壯觀，主要原因在，很多人贈送的是樂隊，可能是我伯父疏於協調連繫，太多樂隊，聲音此起彼落，隊伍顯得特別長，當時我走在隊伍行列中，聽到路旁圍觀的淡水人彼此驚訝好奇互相自問起：「這是什麼人，我們怎麼不認識？場面這麼大棺材這麼小，眞奇怪？」

紅磚小洋樓座落在一狹小偏僻小山村裡面，背小山而建，正面是嶺下村唯一視野，但也只不過一狹小河道迎面而來，此外小丘環繞，遠處小山阻斷所有視線，一眼望去，望不到任何平坦地面，無論眼望或走動，視線與景物盡皆封死，景色壓迫，荒涼而單調，頭上一片鉛灰色沉重的天空算是勉強空出的留白，夏季涼爽但短促，長年秋冬淫寒刺骨而漫長，陰雨綿綿不斷。溫暖常綠開闊的大自然景象，渴望而永不可及，如此環境的重壓之下數十年的囚禁虛耗了我精華的半生。

他日，當秋冬之時，如有路過的遊客偶然駐足在這陰雨淫寒的紅磚小洋樓前院台階之上，望向前方狹窄壓迫灰暗的山色與天色，必定能夠領略到一位苦行僧般的蔡家後代在他被迫離群索居的這二十多年間，如何被此地荒涼的景致所觸動的無限感傷。

群聚小醜山橫阻視線，沉重鉛灰侷促天空，荒涼單調的小山丘，年復一年畫面靜止，如此生活環境的壓迫，使我一方面匯積對於外面世界浪漫的憧憬與渴望的煎熬到了瀕臨抓狂的地步，另一方面卻長期壓抑成無力憧憬與奢望，受到侷限之下的巴斯卡式恐懼思想，另一種倦怠無力與憂鬱的折磨。

必須加以說明的是，上述所謂的浪漫的憧憬與渴望，事實上無暇關注所謂的眞理與理想，甚至世俗膚淺的虛榮，此處所渴望的只是一些基本的，所謂世俗膚淺的幸福與快樂如此卑微的希望而已。

我常把我青年精華時光如此蹉跎的遺憾拿蘇武牧羊來加以比擬，數十年之後，當我發現我兒忙於冬季滑雪，夏季在密西根湖游泳，無心思聽我講述紅磚小洋樓故事時，我想起，蘇武當年所面對的莫非是視野無礙、無垠無界、潔淨壯觀的沙漠奇景，除了縱馬奔馳之外，莫非偶爾也在北海（也就是貝加爾湖）游泳？那景象是我這嶺下壓迫侷促一隅的黑白畫面可加以類比？

在窮鄉僻壤鶴立雞群的胭脂紅磚小洋樓，她的主人蔡全眞正有血緣關係的後代全都各自天涯，可以說無人有此興致回顧紅樓往事，過問紅樓未來去處，另一部分無血緣關係法律上的後代，則以冰冷與純粹僥倖妄想微小可能的私利，側目斜視著這紅樓自生自滅的最後一段末路行程。

這世界上有人曾爲永恆而建築，也有不少永恆的建築存在著，卻無關這微不足道的一幢胭脂紅磚小洋樓，一堆紅磚的暫時因緣和合，無常是它的本質與歸宿。只因我此生和這紅磚小洋樓一段非比尋常的宿命牽連，使得在面臨告別、相互割捨的此時，難免諸多感觸一起湧上心頭。

「聖人忘情，最下不及情，情之所鍾，正在我輩。」蔡全血緣與非血緣後代，超凡入聖的，最下的正在決定紅樓的命運，我就是那個唯一血肉之軀的凡俗的我輩，我對自己說：「你既無心我便休，可以適可而止了。」

我緩步前行，同時向前想望我女兒在加州橘郡精華地段爾灣的住家，前後院大片草坪，挑高採光通風寬敞兩層獨棟住家，旁有公園和運動場所。我兒和我在臺北東區兩處繁華地區定居，還有淡海頂樓全面景觀大樓看海，補償昔日長年壓抑的心靈囚困。

想像紅磚小洋樓熟悉親近的紅色身影，在我背後逐漸模糊遠去沒入一片綠色的背景。我抬起模糊的淚眼，向不遠前方望去，似乎望穿眼前樹木枝葉，不遠小山坡上一小型別墅早已矗立在那裡。

世界不斷進步，宇宙繼續演化，無限空間永遠的寂靜依舊。我就此告別我的胭脂紅磚小洋樓，我不再回頭看她，我不想變成一根鹽柱（a pillar of salt）。

| 五 |

紅樓古蹟復原歷史考察參考資料

紅磚小洋樓古蹟復原最近一次規模最大的會議，在台灣科技大學建築系一處會議廳舉行，參加的人員有科技大學專業人員、學務長等多人，以及紅樓創始人蔡全先生後代多人。會議中除了調查紅樓原始的面貌結構各方面的眞實情形之外，校方不斷地在詢問、打聽、整理和紅樓有關的人士以及其背景，進行所謂的歷史考察。裡面的發言當中，本人受到特別的尊重。

會議進行中本人提出蔡金漢堂伯以及我四伯公整個家族和紅磚小洋樓有不可分割的、非比尋常的重要關係，本人當時建議，紅磚小洋樓的重建雖然未必如何的重大，但是此事關係到對於先人創業留下的紀念，必須給予非常適當的尊重，絕對不可產生任何的瑕疵。我當場指出來，請蔡金漢堂伯這一房前來參與共同協商的必要性，會中決定請林瑞祺先生負責聯絡蔡金漢堂伯後代，通知我們的決定。

後來林瑞祺先生透過許多人仍然聯絡不上堂弟幾位蔡先生。因此本人主動出面打手機聯絡，才有之後的晶華酒店黑卡招待所包廂的聚會。和本人對話的主要對象是堂弟蔡煜麒先生，晶華酒店聚會之後，他隨即前往日本東京六本木居家住處。晶華酒店黑卡招待包廂裡面將近兩個小時密集聚會談話，一直到今天他人在日本東京六本木，前有頗爲壯觀的櫻花大道的一大棟高聳大樓第三十八層住家裡面，和我聚焦討論的就是皇華材料科技董事長——我的堂弟蔡煜麒先生，他身高壯碩，外貌和他母親也就是我的堂伯母潘金鑾女士非常神似。他們主張永昌煤礦創始的這一段經過歷史，需要有客觀不偏不倚的紀錄。他們具體提出他們的外公潘炳燭先生和我四伯公蔡燕先生首先取得煤礦採礦權，以及煤層資料，當時他們財力比較足夠，他們主張我祖父蔡全是之後應他們邀請才加入創業。

堂伯母潘金鸞女士父親潘炳燭先生「……當時掌管煤權，和顏氏（應爲顏欽賢先生台陽礦業的前身）換取建平溪線鐵路，方便運煤。取得小小礦權是容易的。」

這一段事實紀錄（可上網搜尋理解）的提出，讓我得以完成最後一塊拼圖：當時我祖父蔡全先生究竟如何取得礦權的困惑，應該因此得以解開。我四伯公蔡燕先生和潘炳燭先生是姻親，我祖父蔡全先生和蔡燕先生是兄弟。永昌煤礦礦權的取得來源，憑理性與常識的考慮就足以判定。

有一種說法，我祖父因爲淘金失敗受邀加入我四伯公開採煤礦創業的行列，這種可能性看起來是存在的。

從我非常年幼的記憶開始，我的四伯公和四嬸婆一直到他去世爲止，都住在這一棟紅樓裡面，四伯公和我曾經是忘年之交，他天天叫著我的小名，在我的印象中他從頭到尾臥床休息，我沒有見過他起來走動。四伯公下來還有他的眾多子女，也都住在這一棟紅樓裡面，最重要的就是蔡金漢堂伯這一房，一直和我們住在一起，一直到一九五四年才離開，距離永昌煤礦突然之間宣告倒閉短短只隔了三年。我四伯公這一房和我祖父這一房不僅只兄弟血脈相同，事業關係一樣無法分離不難理解。煤礦突然倒閉的原因，就我所了解的範圍讓我簡單說明一下：

永昌煤礦曾經盛極一時，可以從英姿煥發一時的紅磚小洋樓不凡外表看得出來，後來主要是經營不善、冗員過多，煤層越挖越深，成本越來越高，政府沒有保護措施，反而從國外進口煤，在煤礦經營困難近於尾聲的時候擴大增設大型纜車設備，又正好遇到農曆過年需要發放員工薪資，一時周轉不靈，給予許多人士機會，讓他們趁虛而入，終結了已經奄奄一息的永昌煤礦。

四伯公這一方的親屬陸續離開紅樓（越早離開自立自強，證明比起留在紅樓躲在永昌煤礦的保護之下忘記謀生的技能，事後看起來是比較好的選擇），我的伯父和元配離婚，因爲接著娶了一個淡水人，帶來一個前夫所生的兒子，從此我伯父這一房文化氣味和我們蔡家其他親屬產生很大的不同，尤其伯父年歲大過於父親將近十歲，反而父親和蔡金漢堂伯年紀相仿，在我的印象中不僅他們兩個常常在一起，即使他的後代也是密切接觸往來，一直到他們舉家離開紅樓，我們的連繫仍然不斷，此刻我閉目想起我妹妹和我的堂妹兩人手牽手在板橋街上閒逛的鏡頭歷歷在目。

在我所有對於紅樓的記憶，從頭到尾、從內到外，可以說全世界都公認我祖父是永昌煤礦的主人，我的印象中出來管理處理整個煤礦事業的人，都是由我祖父輪流指派我伯父和我父親來負責總理一切事情。在我的印象中，在礦場到處走動，進入礦坑去處理事情的家人，好像只有我父親一個人，當最後煤礦結束，父親到了外面的世界發現沒有辦法應付快速演變的社會情況，當時我媽媽曾經感慨懂得很多的礦場實務，卻一無是處。在我的印象之中堂伯在紅樓有如養尊處優的貴族，可是從來沒有參與煤礦的實務，而且由於沒有爲煤礦分心，他們好像提前對外發展，以至於今天紅樓蔡家出現蔡金漢堂伯這一房如此壯大的發展，反而我們家蔡萬紫先生這一房受盡了考驗，被打趴在地上，歷盡心力交瘁的苦煉

ordeal，如今似乎得以浴火重生，不免要說一聲僥倖。

爲什麼開創事業功勞如此重大的蔡家第四房，從來沒有過問參與事業的運轉，爲什麼看起來我的祖父能夠掌控整個局面從頭到尾？最近幾天我開始在思考，或許和我四伯公年邁臥床這個因素有關，由於他的身體狀況導致於老六接手發揚光大不無可能，不過以上都只是揣測之舉，尚不足以驟下定論！四伯公和我祖父共同開創事業如此的假設，一方面由我們幾位堂弟當仁不讓提出他們非常具體足以相信的見解，另外一方面由我本人就我所知也提出我方的看法，我非常同意暫且兩案並呈，作爲未來列入蔡家歷史考察正式文件的基礎，我希望大家促成紅磚小洋樓重建立碑記述，列爲重點陳述之一。

我二舅徐文苑先生是一個悲劇性的人物，在他緊急逃命那一段時間，曾經躲在礦坑出口一條小路進入深山的地方生活了一段時間，由我父親請心腹員工一人每天按時送食物和日常用品，被特赦以後他曾經在永昌煤礦工作了很短的一段時間，當時他曾經住在紅磚小洋樓樓上客房。當他在最後的階段在台大醫院的病床上，我妹妹去探望他，他眼睛看著我妹妹在床的這一端，他說：妳今日的成就已經凌駕好幾個永昌煤礦。他的說法與事實不符，過度誇張；至少我知道他從來沒有進去過礦坑的裡面，他不了解實際的狀況。

二舅說這一段話的時候，都還沒有親眼看見我妹妹單獨一個人帶著四個小朋友爲了躲過台灣聯考對兒童少年的折磨，而移民他鄉去定居，爲了她的小孩能進入最好的教會學校去就讀，她親自到學校和校長展開雄辯而達到目的，二舅從來也不可能想像得到，如今我的外甥身材超過一百九十公分有六塊肌，開遊艇帶著高䠷美貌的夫人海上遨遊，他擁有遊艇駕駛執照，他在雪梨執業律師。另外一位外甥也是身材高䠷壯碩，是一位Radiologist放射診斷研究醫師，執照每十年要重新檢驗一次，執照全世界通用，年薪三十到四十萬美金，他的夫人台大醫學院醫科，他們在國外相遇結婚，他的夫人有沒有國外的學歷我不知道，沒有問過，另外兩位外甥女全部都是新南威爾斯大學畢業的工程師。

我二舅更是難以意料、難以想像同屬我們蔡家紅磚小洋樓血統一脈的蔡金漢堂伯這一房如今輝煌壯大的發展：

他們這一房出白手起家創業企業家，後代有世界水準鋼琴家（陳天霓小姐），後代學歷琳瑯滿目，就我所知來描述一下他們這一房發展的狀況之前，我已經稍微談到我妹妹那邊一部分的狀況，我想我一個弟弟的部分需要來一個簡單的說明：我一個弟弟學歷很普通，他讀大學的時候我在紅磚小洋樓，他沒有地方居住，後來我媽媽家的親戚——我的表阿姨謝德貴家族在武昌街一段六十四號的德貴大樓給他一小間，讓他在那邊度過他幾年學校的生活時光，他在那個大樓裡面認識承租大樓的公司裡面的業務小姐，這個小姐有可能是富家小姐我不知道，看起來很像，她不承認。長話短說，我這個弟弟後來在我妹妹的公司任職，我妹夫給他一個主管的職位，離開這個公司以後，他任職於台灣有名的大公司，如今已經退休，他的兒子是南加大免疫學博士，現在加州大學舊金山分校醫學院做博士後研究（分子生物學），我這個姪兒的太太也是南加大博士，專攻肝癌療法，現在任職Astrazenica舊金山分公司治療肝癌新藥研發部門。

蔡金漢堂伯舉家離開紅樓七十年之後，他的兩位公子在晶華酒店在聚會當中，仍然忿忿不平向我這個所謂的堂兄嚴正表達他們心中萬分的不捨與不平，這件事情容我稍後盡量補充交待。我堂伯一家人如今飛黃騰達的極致呈現，同時也給我們蔡家宗族包括紅磚小洋樓帶來無比光輝燦爛的榮耀。我非常榮幸並樂於有這個機會，用這個小小的篇幅爲此做一個最簡單的介紹說明：考北一女、考建中、考台大電機系、台大法律系、考師大生物系、哈佛的博士、普渡大學的博士……台灣社會一般所期望、所羨慕的，全部都在我堂伯這一房一一獲得貫徹實現。

我堂伯這一家不僅出了了不起的白手起家創業實業家，他們在學歷上面的表現也差不多到了極致的地步，我這裡只能夠大略地表面列舉一點點，舉一反三不需要仔細全部羅列。

堂妹北一女、師大。堂弟建中、台大。

堂妹一個公子台大電機、康乃爾大學、普渡大學博士。

堂妹女兒（陳天霓）美國茱莉亞音樂學院畢業，曼哈頓音樂學院鋼琴演奏博士，世界水準的鋼琴家。

堂弟女兒哈佛博士，另外一位台大法律系、美國哥倫比亞大學，現在在紐約執業律師。

二堂弟創業企業家皇華材料科技董事長，台北科技大學以及中山大學傑出校友，特別值得一提的是，他以他母親潘金鑾堂伯母的名義設立國中小獎助學金。以上只是部分。

聚會交談中，獲知礦業早期堂伯父曾經進入礦坑督導參與運作煤礦事務，堂伯母曾經帶領女工一起工作（這一個部分我因年幼未曾親自目睹），令人想起煤礦開創早期全家：包括四房和六房家人一起創業奮鬥的圖畫。

照片中看見堂伯家族鮮花遍布，綠意盎然開闊壯觀的墓園，堂伯這一房慎終追遠，深入溯源列祖列宗的作爲，令人爲之肅然，更進一步深切體會堂弟如此焦心關切紅樓開創，以及四伯公以降在紅樓的定位，特別是遭受到非常不公平的對待這件事情的追尋與釐清，他們沉重的心情與嚴肅的態度。必須給予尊重，鄭重給予回應，無法迴避。

經過這一段時間以來一起溫馨的回憶，具體事實的追憶，理性與常識的考慮，邏輯的適當推論。容許我個人具體回答堂弟蔡煜麒先生質問：

一、蔡燕、蔡金漢爲何入主紅樓？

答覆：以共同創業人身分進住。

二、蔡金漢爲何被迫離開紅樓？

答覆：有可能遭受不盡公平公正的方法收買或侵佔股權。

雖然只是我個人的見解，但是也是唯一能夠親眼目睹若干有關事實，足以代表蔡全後代子孫的一個人。

「似非無因，無法實證。」

對於當年堂伯痛心對著各位在前跪地庭訓之後含恨離開這件事情，我表示無限遺憾，並爲我先人表示誠摯的歉意，請求他們的諒解與寬容。

以上敘述討論的內容將首先呈現在《夜歸紅磚小洋樓》這本即將出版的小書上面，同時下一次只要有機會，我就會將這些內容告訴文化局、科技大學相關人員，作爲這一次紅磚小洋樓古蹟重建過程中歷史調查的重要參考資料。前幾天我和兒子談到我們蔡家紅磚小洋樓後代子孫出現一位傑出的創業企業家，正在和我討論有關紅樓創業始初一段歷史經過的時候，我兒子笑笑的告訴我，他說：「你面對任何人物，必定不會改變你自己始終一貫的態度？」

我兒子從小到大，一直到大學，他是我一手訓練出來的，他多少了解我部分，這不足爲奇，楊維哲教授和我原本不認識，我們能夠一見如故，甚至於互相稱兄道弟，教授如此高明的知人之明是我生平僅見，不得不由衷表示敬佩之意。我困居紅樓的時間超過魯賓遜的漂流，也超過基度山伯爵鄧蒂斯坐黑牢的時間，這一段時間台灣經濟正在發展，爲各位帶來了難逢的機會，對我而言那卻是一段困窘的年月，我憑著紅樓後代遺傳的天賦異秉，無師自通涉入高深的領域，在中年之前，我徹悟了一件非常重要、專門而艱深的問題（籠統地說起來是所有頂尖科學家、哲學家最後必定涉入的，類似於一種Epistemology認識論或知識論）的解答：我看摩西的電影，摩西還沒有面對上帝之前，他說：「在面對上帝之前，我內心沒有辦法完全平復。」電影的情節當中，摩西在西乃山上面隔著一團火聆聽耶和華上帝對他頒布十誡，在他面對上帝之後的那一瞬間，他的臉起了變化，他臉部放光，無限威儀！

我從來不談起自己的學歷、自己所到達的境界，因爲在某一個點上面我和所有人之間不可共量incommensurable！就這一點而言我和各位，各自看到不同的世界，在不同的世界中工作與實驗，彼此之間不可共量，只有我兒子，或者我的朋友、我至為敬佩的前輩楊教授可以多少看出我臉上的變化，如此的狀況後來反而導致於我產生一種超然孤獨、超然愉悅的心情。（我非常嚴肅的在說這一段話）。

我曾經在金門服役，退伍之後很多年有一次到金門舊地重遊，那一天中午我在擎天廳裡面的餐廳，許多將校軍官等等在台下用午餐，舞台上面樂隊演奏，歌手唱歌助興，當時我年輕，聽到台上招呼歡迎上台來唱一首，我舉手走上台，請樂隊停止，我開始清唱一首紅豆詞，唱完聽到如雷的掌聲，我走下台旁邊的人問我：沒有一個人敢上去！你怎麼敢上去！當時我沒有回答這種常常聽到的瑣碎的問題，我心裡又在想：我來自於平溪嶺下紅磚小洋樓蔡家的後代。

六

回答兩位堂弟

永昌煤礦開創的歷史最前段的部分是我一直困惑的問題，你們告訴我說你們母親的娘家，也就是你們父親的老丈人潘炳燭先生還有我的四伯公蔡燕先生，是當時財力比較足夠，他們首先取得礦權還有礦層有關資料，然後才有我祖父的加入。關於這一點我憑我的記憶可以確定的是，當我非常年少的時候，我看到整個紅樓樓上有你們父母親佔了一間房，樓下住了四伯公、四伯婆，還有蔡碧霞、蔡文欽、蔡文彬還有其他親屬。（例如萬居先生膝蓋受傷臥床）

到後來的後來，有一天我看到我的堂伯也就是你們的父親，和我的祖父在樓上大廳，一個坐在大理石的太師椅上面，我祖父坐在可以左右旋轉的那種椅子上面，他們有很嚴肅的談話，我印象很深刻最後堂伯有提到，好像有一點抗議的成分，他說：「我們做事情應該一切合理合法。」（由於堂伯向來語氣紳士而溫和，而且他面對長輩即使在那種嚴重場合，我也沒有感覺到激烈爭辯的氣氛。）那一次談話以後不知道過了多久，你們全家就離開紅磚小洋樓。就這一點而言，我應該可以確定你們家曾經佔有煤礦礦產的股份，這是毫無疑問的，你們說我祖父好像用不正當的方法把你們趕走，你們提到的黃法這個經理善於使用不正當的手段，這個很有可能，我媽媽一直非常痛恨這個黃法對永昌煤礦所造成的傷害。關於樓上樓下的問題我的感覺是，當時四伯公這一房的親屬人數眾多，而且如你們所說，因爲綁小腳的關係不方便上樓，可是你們父母親確實住在樓上這是絕對不會記錯的，搬到樓下是後來的事情。

在我的記憶中有兩件事情可能也值得你們參考，我常看到一位陳先生，他的名字叫做陳蝦（台語發音，眞正的名字我不會寫），來找我祖父聚會，常來，他們很融洽的一起抽煙一起聊天，但是會不時停下來爭吵一下，然後又恢復正常。爭吵的主題「據說」是我祖父向他借很多錢開煤礦，這位陳先生說當初我借你錢讓你開創事業，現在我不要你還錢，你讓我一個股份，「據說」我祖父在這件事情上面從來不讓步，就是不給他股份，就是要把錢全部還清。這件事情應該不大會錯，也就是說我祖父曾經爲了創業而借錢。

另外一件事情就是從我有記憶以來，外人所認定的紅樓的主人、永昌煤礦的主人向來就是我祖父蔡全，我伯父國大代表也很有名。當時員工和鄉親一般都稱呼我父親爲「泰秀」——日語發音的「大將」。

假如說把我祖父開創永昌煤礦的角色一筆抹煞，似乎也不太符合事實，也就是說不太符合你們兄弟所要求的要客觀又不偏不倚。

我的建議是，你們絕對有資格、有這個實力清楚表述你們的見解，我們也有我們的基礎說明我們的看法，讓我們來一個各自表述兩案並呈作爲暫時的解決，你看如何？

今天撰寫紅樓的歷史最讓我感覺到非常不以爲然的是，外姓完全沒有血緣關係，事實上也沒有眞正關心這個紅樓的幾個人摻雜在裡面令人遺憾，要不是這種血緣問題的存在，紅樓古蹟復原重建的工作不可能被阻擾數十年，以至於延宕到今天。眞正有血緣關係的，爲紅樓帶來光彩的你們蔡金漢這一家，尤其，你們兄弟這一代你們的發展，我感覺爲曾經英姿煥發的紅樓錦上添花，帶來不少的光榮。

我回憶往事，後來你們父母親和你們姊弟確實搬到樓下，原因可能是樓上太擁擠，不大可能有別的原因，也不大像被趕下來。當時我父親和你們父親都穿著非常高級、非常時髦的西裝大衣，他們純絲的領帶一直到幾十年後拿出來，看起來還是非常夠水準。我的意思是，當時我父親和你的父親他們，其實富貴的狀況好像不相上下，甚至於兩個人同時得到結核病，這種富貴病在當時只有富貴人家能夠治得好。在我的回憶中我爸爸和你們爸爸，他們每天吃那種白色乳狀英國漁人牌魚肝油（一個男人背後背著一條大魚），在我們紅樓樓上邊緣的地方堆滿了那種空的玻璃瓶。你們曾經擁有永昌煤礦很大的股份，應該可以看得出來。

我妹妹和你們的姐姐，你們的姐姐和我之間從青梅竹馬一直到長大成年，都維持很深的交情，你姐姐曾經告訴我說，她前後花了一千多萬當時的錢栽培出她的女兒，也就是你們的外甥女讀茱莉亞音樂學院，後來在曼哈頓音樂學院拿到鋼琴演奏博士。你們這位寶貝的外甥女學成，帶著一群洋人回國在台灣公開演奏拉赫曼尼諾夫第2號鋼琴協奏曲，和普羅科菲夫第3號鋼琴協奏曲，我們蔡家出了這麼一位鋼琴家，請讓我分一點光彩，謝謝。演奏結束我當場請教這位蔡家的鋼琴家，她建議我好好的欣賞美國作曲家科普藍的《阿帕拉契之春》。

自己人不避嫌不怕見笑，想對兩位堂弟說一件事情：我本人子女兩人只有碩士學歷（密西根大學安娜堡分校和喬治亞理工學院）。但是我一個女婿他的學歷倒是非常奇特，他是我女兒台大的學長，建中資優生在台大土木系還沒有畢業之前，他考到國家三張證照，其中任何一張就足以用來謀生。我這個女婿從此在校內得到一個封號：楊三張，台大認爲此舉不妥，因此修改校規從此禁止未畢業之前如此的考照。我這個女婿後來在台灣輕易高考及格，他在台大土木系取得碩士學位，留學美國喬治亞理工學院，他在那個地方取得一個博士、兩個碩士的學位，在喬治亞理工學院未畢業之前，他得到麻省理工學院入學的面談通知，他放棄，雖然他如今在事業上並沒有特別突出的表現，未像你們那一房如此的飛黃騰達，學歷不是衡量一切的標準，但他以擅長考試聞名卻是大家津津樂道的話題，也因此我把我女婿這種非常特別的學歷紀錄，提供大家莞爾一笑。

| 七 |

童年到少年時光的消逝

聽祖父說，曾祖父九歲時從福建隨他人來到臺灣。祖父有六個兄弟，他是老么，這六個兄弟都在臺北縣一處偏僻鄉下山區定居成家，成爲十足的鄉下人。祖父與他的哥哥們非常不一樣，他之所以帶著祖母從外頭來侯硐，又來到平溪鄉，到鄉下定居，他的目的原本在於淘金。當時九份、金瓜石一帶都有人淘金。祖父起先淘金不成功，非常貧困，住在侯硐一帶、河邊一間簡陋的房屋，以賣粽子爲生。有時大水來時，祖母還要站在水裡拿木頭支撐房屋，以免房屋倒塌被水沖走。祖父後來開採煤礦成功，成爲一煤礦的礦主，他的一個陳姓好友住五堵，借給他很多錢，讓他作爲資本開採煤礦。在我童年時期，祖父常帶我到那朋友家去玩並在他家過夜，那陳姓老人家也常來我們家玩。由於祖父有錢了，我們住的房子不但很大，而且氣派十足，回想小時候到鄰居家去玩，看到他們都住在非常簡陋的房屋裡面，木屋、茅屋、較好的是石頭砌成的房屋，而我們家是由很硬的紅磚砌成，外形具有歐洲味道，有陽台、拱門、廁所有磁磚。（那時鄰居的廁所都是很可怕的樣子，用木頭隨便釘成。大小便一目了然，上面大小便與蛆盡收眼底，大便落下時尿水飛濺，非常可怕……）我祖父和他那老朋友常在一起談天聚會，只是每當談到錢的問題時，就會鬧得很不愉快。祖父雖然把欠陳老先生的錢歸還了，但他卻要求持有煤礦的股份，祖父始終不同意……。

我們家那房子非常大（以當時的標準來看），樓下一部分爲辦公室，有電話和礦場其他辦公室相通，一部分住著祖父四哥（四伯公）一家人，樓上住著祖父母、伯父母，四伯公的兒子（堂伯）等人。空房間是大姑媽的房間，大姑媽很年輕就去世了，大姑丈當日本兵到南洋作戰而死，我大姑媽收到骨灰之後就發瘋，不久就病死了。那空房間從我童年以後始終空著。在我年歲漸大之後每當作惡夢，都夢到那空房間裡面似乎始終躲著一個女鬼在那邊惡作劇。

我一直不明瞭的一件事是，祖父如何在深山中的一處地方，挖了那麼深的一條岩石隧道，再往下挖了那麼深的坑道，居然眞的挖出了煤來，而且是那麼多挖不完的煤。在我的記憶中，煤礦生意興隆的時候，每天賣出一百多台車的煤。

伯父是國大代表，靠著祖父的錢選上的。樓上樓下的客廳很大，常有一些賓客來打麻將。祖父像董事長，總經理則由我伯父和父親輪流做，兩人各有黨羽，員工分成兩派，常常鬥爭。祖母比較偏袒父親，鬥來鬥去的結果常常「政權轉移」，輪流執政，由於伯父與父親兩人久住深山見識不多而且學歷不高，都只有職業學校（礦冶科）學歷，頭腦很單純，因此礦業飽受內憂外患的侵襲——所謂內憂就是高級職員的分化與舞弊；所謂外患就是外面的世界急遽變化而未能適時加以適應。他們不懂得轉投資其他行業，正逐步隨著煤礦業的沒落而沒落。

伯母到處亂花錢，買漁船、賭博等等，祖父常常爲她償還大筆債務，而父親則聽信一些年長的幹部如黃經理，讓他賭掉不知多少家產，這些事情在祖母在世時，大致還能加以掌握，等到祖母一過世，家道就急遽沒落。

我們這大家庭的住家再往深山進去，在礦坑附近，另有辦公室、變電所、打鐵工廠、鋸木廠、電機工廠等等，也有員工宿舍、公共澡堂、福利社、伙食團等等，另外有一棟房子是我父母住的。回憶當年，我也在那兒度過不少時光，每天早上看礦工陸續領了蓄電池，頭上帶著燈進礦坑工作，下午兩點鐘到三點鐘出來。這些礦工的生活都很困苦，他們住的房子很簡陋，餐桌上的菜很少又很差，而且吃得很節省，吃剩的留到下一餐。當時沒有冰箱，連收音機也少見，我們家竟有幾台收音機，偶而讓鄰居來聽聽，他們都誠惶誠恐、非常感謝。我們也有電唱機，是手搖的，七十八轉唱片，唱針每聽一片要換一唱針，我們有唱片櫃，記得裡面都是日本歌。事實上，我至今回想起來，當年所聽的日本歌，包括日本軍歌在內都很好聽，比後來所聽的國語歌曲好聽多了。我始終覺得大部分的國語歌曲枯燥乏味、矯揉做作、不眞誠、缺乏靈感。那七十八轉的唱片稍一碰到就破裂，我小時候常摔破不少唱片。

童年山村生活非常枯燥、單調、黯淡，夏季還好，因爲天氣涼爽，有小溪流清水與魚蝦，天空飛翔著老鷹、烏秋、長尾山娘與可愛的小鳥，白天蟬聲不停，傍晚有另一種嘹亮的蟬聲……。

在秋冬的季節裡，大部分時日都在下雨，陰雨加上寒冷，住在礦坑旁的小屋裡，整天聆聽溪水隆隆巨響不斷，尤其是晚上就寢時聽起來，更是隆隆不絕於耳，倒是住在大屋子裡時，大家庭人口多、燈火通明，屋內充滿了小孩子的歡樂。此外，母親買了很多日文世界名著，每天按照章節說給我聽，這些小說包括：《魯賓遜漂流記》、《基督山恩仇記》、《悲慘世界（孤星淚）》、《三劍客》、《鐵面人》、《乞丐王子》、《湯姆歷險記》等。我母親對我的影響，超過了後來遇到的任何學校的教師……這些故事至今仍深深地印在我的腦子裡。我對母親的感情終生非常強烈。

我母親常提出要買鋼琴，要到外面買房子，大都不被准許。我想要的東西母親則儘量買給我，例如我養了很大的一群賽鴿，每天吃了不少糙米；我有溜冰鞋、小鼓、皮製的長靴，有很多漂亮的衣服、皮鞋等等，鄰居的小孩流鼻涕、赤腳、穿很單薄的衣服……。

我八歲時被送進當地的小學去讀書，老師教學很枯燥，學校很無趣，常常曠課在家。有時遇到雨天，祖父母就派人到學校把我揹回家，十足的嬌生慣養。

國小三年級時，我被送到板橋與外婆同住，目的是進入板橋國小就讀以免課業落後。由於國小一、二年級的功課我一竅不通，三年級的功課銜接不上，因此整天荒廢在家不喜歡上學。又由於離開母親，每天作夢夢到母親的影像，思念母親的痛苦從來未曾消退過，那種痛苦不僅強烈而且是經年累月地。

市鎮小孩比鄉下小孩靈活老練很多。剛到板橋和這些市鎮小孩一起生活，雖然家世與經濟能力仍然贏過同班絕大多數的同學，但是因爲過分的老實（尤其在家中，母親絕對禁止說謊），也不大了解大部分人事實上說謊成了習慣，於是被騙得團團轉，後來總算習慣了，卻馬上遇到了升學的壓力。我從國小四年級就被送去補習，每天晚上七到九點要到老師家去補習，白天一大早就要到校，整天都在讀書。我因爲一至四年級不大讀書，事實上讀書寫字都很困難，後來之所以能夠讀完中學、大學與專科，實在說還要靠一點天資。升學與補習壓力成爲我永遠的惡夢，我一直想要逃避它，但總歸無效，我爲它吃盡了苦頭，直到心力交瘁爲止。

童年時我生活在鄉下大房子、大家庭中，周遭是一些生活極爲貧困的礦工，他們的子弟是我童年的玩伴。這些礦工的貧困與悲慘的生活，除非親眼目睹，否則非常難以想像。那些礦工及他們的家人大都瘦小而蒼白、衣服單薄，住家房屋極爲簡陋，廚廁髒亂，我們可以想像幾千年前農業社會的生活情形大致也不過如此！這些人生病常沒錢看病，自己弄草藥吃，尤其經常煤礦災變，一下子死一大堆人，出殯場面極爲驚人，災難家屬無助相擁哭泣，有時颱風吹倒房屋，全家也哭成一團。

然而，這些礦工還時時表示感激，感激在這寒冷的冬天裡，能夠有謀生的機會。在煤礦還沒有興起之前，春夏他們偶而種一些農作物，冬天只好努力節省，忍受飢寒了。

多年前我在車上，聽比我老一輩的人談他們少年時飢餓的經驗。下面是其中一人的一段簡短的話，他說：記得我小時候，常常感到很飢餓，有一天我走到山裡一戶人家門口，看到裡面一個老婦人在煮一鍋熱騰騰的東西，吃得津津有味。由於我實在太餓了，因此開口向她祈求，請分一塊給我吃，那老婦人就從鍋裡拿了一小塊給我，我立刻將它送入口中，然而一口下去，竟然滿嘴發麻，實在是難吃到極點。我雖然很餓，可是一時實在吃不下去，也不好意思吐出來，只好含在嘴裡即刻地走開。當那老婦人拿那塊東西給我時，她說，山裡可以吃的無非就是饑荒草、山藥薯、山讚瓣（音），前兩者大都被採光了，只好吃這個了。

我曾無數次看到煤礦災變受傷的人被抬出來，看到他們露在外面一雙顏色慘白的腳掌。反過來看我祖父、父親、伯父等人幾乎天天吃人蔘、燕窩、犀角……還有各種進補的野生動物，衣食住行和那些礦工成了強烈的對比。

我的母親常常表述她對這些事的不平，後來家道中落，她甚至還說，這一切都是由於祖父與父親輩缺乏愛心的報應。

我的童年生活雖然衣食無缺（後來我漸漸明白，和我同年齡輩的許多其他人童年都過得非常不如意），但是單調的環境阻礙了我活潑想像力的發展。對於我此後一生的影響是極為負面的，尤其是童年富裕的生活，使我對人生艱困的本質缺乏嚴肅面對的態度，使得爾後遭遇不少不必要的誤導與挫敗。

在板橋的生活本來應該是非常快樂的，因為當時的板橋有鄉鎮的景色與住民，人口適中，距離臺北萬華很近，鄰中、永和等地，淡水河的水可以游泳、捉蚌蛤、騎腳踏車、溜狗、打陀螺、游泳、看電影、玩紙牌、玻璃珠、彈弓打麻雀……說不盡浪漫與快樂。

這裡的小孩與少年比較活潑、老練，也很會玩。城鎮小孩有不少家境很好的，也有家境較差的，但是他們會很勇敢自己背著一個木箱去賣冰棒、賣油條，賺自己的零用錢，甚至於補貼家用。幾十年之後每當我回想到這些勇敢的少年（乃至於兒童）穿著麵粉袋做成的短褲，沿街叫賣冰棒與油條的景象，我就感動萬分，這些小孩挺身解決自己家人貧窮的困境，自己解決問題。他們在玩玻璃珠時往往打得特別準，打陀螺的時候用自己親手製作的陀螺，上面的釘子把對手的陀螺劈成兩半，我旁觀著他們冒險勇敢、激烈、浪漫、多彩多姿的生活，他們講著生動的母語，他們是我此生崇拜的英雄，他們生活的浪漫不下於馬克吐溫筆下的湯姆·沙耶。

我不知道這些充滿活力，而且頭腦靈活，英勇果斷的少年如今狀況如何？但我相信這些人無論去到何處都不會有困難，因爲除了有上帝在保佑他們之外，還有他們自己的力量也在保護著他們。我非常懷念他們，也祝福他們——我小時候的玩伴們。

國小四、五、六年級開始，我就身不由己受到升學壓力、也就是惡補的壓迫、學校生活枯燥乏味，老師教學離不開死背書、寫字、晚上補習，心不在焉，有如身在牢籠，一切美好好玩的事物都在大人們阻止之列。

國小五年級時，我是五年孝班，那老師是一個只懂得叫人死背書、打罵教育的人，和另一班導師競爭誰班上的學生早到，於是兩班不斷比賽早到，我們每天早上六點要來學校自修背書，包括背誦皮革製造方法等所謂的自然科的科目在內。如此惡性競爭，最後的收場是兩個老師打起架來。

國小六年級時有一天中午，我回家吃午飯，那時肚子很餓，忽然看到三舅回來，他走到門口就對著外婆說，親家母（也就是我的祖母）死了，我一聽後飯都吃不下了。三舅說完，使我想起原來前幾天我媽媽把祖母那個有秒針的手錶給我，就是她（祖母）知道自己要歸天了。我媽後來告訴別人說我人雖小，思想卻像大人，她說當她把手錶拿給我時，我不但毫無高興的表情，還一直追問祖母爲什麼不要這個手錶？

我的祖母只活了六十一歲，她是一個非常聰明、靈敏、果敢、慈祥的女性，可是由於環境的逼迫，她早年生活困苦，祖父賺了錢之後她不改節儉的習慣，吃的東西太節省，她操勞過度，死於胃癌。她的葬禮人山人海，鄉人連續好幾天吃流水席，乞丐滿山遍野而來，國大代表火車專車前來，她的一言一笑永遠銘刻在我們的心中，她死後煤礦事業不斷衰落，父親不懂得理財謀生，在我當兵那一年他賣掉家產（在板橋，我母親曾從祖父母處要到一些錢買了兩棟房子），中了別人的圈套落得一文不名，還負了債。

我的少年時期受到升學壓力的壓迫、家道中落等等問題的困擾，眼睜睜看著周遭各種美好事物、美好的時光流逝而無力接觸與掌握，等到我費盡心力排除這些困難，重新回到正常的生活秩序時，美好歡樂的青少年時光已經逝去，內心感到至爲遺憾。

八

口述歷史

（談上一代的事，和這一代人無關）

以下紀錄來自於上一代（五十餘歲）的人口述，經由錄音、筆記整理而得，故以第一人稱詳實地將口述做成以下報告。

許多長輩們常說日本人統治臺灣五十年，至少給臺灣人帶來了勤勞、守法、廉潔、誠實、愛乾淨、有禮貌等習性。我同意這種說法。

從許多書本上以及電影上（我少年時看了不少日本電影，直到它們被國民黨卑鄙蠻橫地查禁爲止），日本人確實給了我這樣的印象（包括他們尙武、廉潔、武士道恬淡的節操等等。至於他們對待中國人的殘殺行爲，則是後來中國教師一再教導的重點）。

雖然我沒有實地接觸過日本人，但我常自認爲多少了解日本人的一些文化或習性。因爲，我這一代耳聞與目睹了一個重大的社會變遷過程，那就是國民黨

（國民政府）來臺之後，所造成的一連串變化。破落的國民黨接收了比他們進步繁榮的臺灣，貪婪的國民黨在老實的臺灣人身上以及這一塊美麗土地上如何為所欲為的過程。

從我親身的經歷，我感覺到日本文化的消退與中國文化的入侵與淹沒。

日本人統治五十年雖然沒有使得我的祖父母輩乃至於我的伯叔父輩變得像日本人，仍然維持相當的漢文化的生活習慣，然而對照於我此生後來所陸續見識到的國民黨的種種言行、與這些中國人相比之下，我認爲他們實在勤勞、守法、誠實、整潔得多了。

一個強烈的指標是我的母親。我的母親因爲從小家貧（外祖父三十來歲仙逝），到城中區一家日本人開的最大的百貨公司（大倉）去當店員，受到日本老闆一家人的疼愛與陶冶，除了說一口流利的日語（北海道腔調）之外，她的許多言行等深受日本文化的薰陶，我就是從她的身上多少了解到日本文化的特質。因爲，我這一生中與她一起生活、一起歡樂、一起受苦的時間迄今已五十二個年頭，她早期對我的影響，塑造了我此生不可改變的思想與性格，反倒是我眼睜睜地看著她受到異質文化的侵襲，精神與物質的匱乏，從格格不入的困境到終被征服、被同化，從青春活潑、滿嘴貝殼般的牙齒，到歷經摧剝、白髮蒼蒼、失望的眼神。想起這樣一個天性開朗達觀、勇於奮鬥、心地善良的天使般的母親，受到如此這般的待遇，我時而熱淚盈眶，時而怒火中燒。（回想二十多年前，她拿著國小國語參考書試著學習的鏡頭……）另一件創鉅痛深的事情是，我同樣目睹我的父親在痛苦與絕望中死去。

敘述這些事情，目的不在於表示我對日本文化的崇拜，也不是蓄意拿我家族中事來煩擾您的聖聽，我的用意有兩點：一、從我母親身上所體會到的一些事情，成爲我後來強烈批判國民黨那一套文化的一件重要指標。二、我家族中的事情，絕非單一個案，從我所聞所得，它多少反映了那時代若干臺灣社會的一些狀況，也具有相當的普遍性，值得略爲加以記述。

我在一個大家庭中長大，我祖父事業成功，經營一個煤礦，有時一天賣出一百多台車的煤，那煤礦是我祖父自己發現，自己開挖出來的，我伯父是萬年國大代表。

回想我們的親友，有的很窮，有的很富有，有的在下階層掙扎求生存。有住在武昌街一段、天母一帶，他們的住家設備有的是日式建築，厚重的木製地板與樓梯，中間天井有魚池、養狼狗，在天母的親戚樓下爲古厝，樓上則完全西式。臥室中有舒適的彈簧床與沙發、百葉窗與落地窗，窗外田野一望無際，有洋人小孩騎馬嬉戲。客廳牆上有高級油畫，書櫃裡面有日文版彩色精美的世界美術全集（等我第一次看到中文版世界美術全集，已經是好幾十年以後的事了。）桌上有主人半身銅像，男主人常彈鋼琴，縱聲高歌，他們家人聚集時講話高尚幽默而和善，有時打打撲克牌，這些人非常有禮貌，態度和善……，這些人事與景象，如今回憶起來已經非常渺茫，只能從我少年的記憶中搜尋。

上面我不厭其煩地說到我們家一些親友（即使是那些下層勞苦的民眾也同樣具有勤奮、誠實、守法等等的習性）以及我的母親等等家務事，我的重點不在於強調他們的生活方式，而是在於指出一個有法治、進步的臺灣人世界，在命運的捉弄之下竟然受到別種劣質文化的摧殘。

由於有我長輩的言行作爲參考指標，當我後來開口批判來臺的國民黨的作爲劣質時，我知道我的說法並不過分，對照於前者的廉潔、誠實、勤勞、良善、恬淡，後者更顯得貪汙、詭詐、粗鄙、懶惰……整個後來的國民黨的種種作爲以及留下來的種種均可以作爲見證，只是後來出生、從小受其薰陶的一輩，恐怕不容易感受出來罷了。無論如何，我還是樂於略爲舉例加以簡單說明如下：

㈠ 外省人進占林家花園的情形

小時候住板橋外婆家，常到林家花園去玩。當時的林家花園給我的印象是很大、裡面有很多開闊的空間、有大樹，庭園內麻雀飛來飛去，有大的水池及好幾個池塘，有假山、涼亭，尤其是它有很多座古式建築，有如一個千迴百折的迷宮，它顯然比現今經過整修後的林家花園大得多，而且開朗得多，比較不那麼庸俗。對當時還是小孩子的我來講，林家花園是頗爲値得去走走的地方，我們常在那裡遊玩，用彈弓打麻雀等等。然而，我也在那裡看著國民黨種種惡劣的習性。

當時的林家花園被一大群外省人占據著，他們亂七八糟地隨意隔間、隨意占住，一棟好好的古建築同時被好幾家人用三夾板隔成好幾戶。廚房、廁所隨便亂設、到處燒生煤、燒焦炭，男人穿內褲在外面洗衣服，垃圾亂倒在外面，到處有大小便的臭味滲雜著胡琴與平劇的聲音，互相干擾習以爲常。

從我母親與外婆的口中以及她們的照片中，我聽到同時看到以往的林家花園（她們稱之爲林本源）。以前的林家花園，其實非常整潔美麗的。

國民黨強占、汙染、破壞林家花園的景象，多少提供了一個簡單的模型，具體地展現了他們劣質文化的一面，同時多少說明了一九四九年國民黨占據臺灣之後的惡形惡狀的一部分。

㈡ 從家中長輩聽到的外省人來臺及二二八事件

有關板橋朱家的一些傳聞。這部分是我從外婆那裡聽來的，雖然她知道很多，卻說得很少。因爲言論自由是近幾年的事，以往談外省人、中國人、二二八、乃至普遍的政治話題等等都是一種嚴重的禁忌。外婆當然不敢談，更不曾對一個小孩談起。我說從外婆那邊聽來，其實是由於二舅以及他眾多同學與友人本身所受的迫害，引起外婆、媽以及她們相關的朋友的創痛，事後私下談起，被我斷斷續續聽到一些的結果。（關於二舅的事情後面將另外加以敘述。）因此非常零碎而且侷限。

板橋朱家的事就我了解大致如下：我在板橋國小就讀時，校長名叫朱驕陽，其中一位老師好像名叫朱朗陽，板橋街上還有一位牙醫也叫朱□陽，他們兄弟幾個個子都很高，至少一百八十公分以上。據我外婆說朱□陽眾多弟弟中有一個在二二八事件中被國民黨的士兵抓去處死。外婆說，當時國民黨亂抓人，臺灣人中的士紳、菁英是他們喜歡誅殺的對象，朱□陽兄弟並沒有在二二八殺人，卻被國民黨兵逮去。朱家兄弟的母親目睹自己兒子被綁著拖過一座橋、就地開槍射死，從此發瘋了。

從外婆以及姨丈的嘴裡，我聽到其他一些有關二二八的事情，這些事情到了我中年以後從許多的書中記載加以比較，得到印證，我相信它們是眞實的。

我聽到的部分內容大致如下：陳儀要來臺灣，學生們列隊歡迎，可是好幾次要黃牛了，學生白白列隊等候，等到他們終於來到（他們不守時的行爲給人惡劣的印象），所看到的是一些穿著草鞋、拿雨傘、背鍋子的破落士兵，上岸之後隨地大小便，鐵道旁一堆堆的大便，而且處處出洋相，看到臺灣的進步情形，各種先進設備，好像非常新奇的樣子。陳儀來臺灣的當天晚上，透過收音機向臺灣人廣播，我家中許多有教養的臺灣人長輩「洗耳恭聽」，想不到透過收音機傳送過來的陳儀怪腔怪調的鄉音，聽起來非但不親切，語調輕浮令人厭惡。很像土匪惡人的聲音。他在向臺灣人廣播的內容裡面竟然強調他一定「不貪汙」，令人啼笑皆非，顯然非常沒水準。

第一次看到中國人的臺灣人開始憂心。據我母親回憶說，日據時代治安良好，我們在鄉下的樓房平時夜不閉戶。自從看到了這些惡形惡狀的國民黨人來到臺灣，祖父母把家中門窗重新整修，加重加厚，而且夜晚常起來巡視一番。

這些國民黨人與臺灣人接觸之後，由於種種習性的不同逐漸產生磨擦，除了占據林家花園以及許多日本人留下的房屋（這些房屋後來都價值不貲）等等事情之外，他們在買東西時討價還價，愛說謊、耍詐術、亂倒垃圾等習慣令臺灣人不習慣。許多臺灣人嘲笑或得罪他們的，後來在二二八事件終被他們藉故殺害，前面所說朱□陽兄弟只是其中一個例子。我外婆說了好幾件，這裡無法加以細述。朱家的後代現今仍然居住板橋，朱朗陽教書，後來當過國小校長，我在國小時被他教過，一點也看不出他家人曾被殺、被迫害的感覺。倒是最近以來，我發現雖然朱朗陽也退休了好幾年，但是好像和民進黨走得很近。

從我外婆與姨丈那邊聽來的一件事情，是八堵火車站的一位副站長被國民黨人活活打死的事情。幾個月前，我經過八堵車站似可看到了一個紀念物，印證我外婆與姨丈所講的事情並非虛構。

他們所講的二二八的慘劇，都是一些市井小民如何看不起或得罪國民黨，後來衝突一起，臺灣人打國民黨人，後來中國運兵前來鎮壓並屠殺臺灣人。這中間有臺灣流氓的作惡（事後倒是溜得快）、國民黨官員的欺詐與惡毒，他們先虛與委蛇，承諾臺灣人許多事。事實上是以屠殺臺灣人作為結果，他們所痛恨與屠殺的對象是比他們整潔、廉潔的臺灣人菁英。

外婆與姨丈曾談到中國士兵車上架著機槍當街掃射，把他們抓來的臺灣青年用鐵絲捆成一串，用刺刀刺死後推入海中，屍體浮出，家屬不敢認屍……。

外婆曾講了好幾個得罪國民黨人而後遭殺害的例子，也講了幾個無緣無故被殺的例子，可見當時國民黨殺人有多隨便了。我曾從書本上得知中國人是世界最殘忍的民族，這種說法不是沒有具體根據的。

國小四年級就讀板橋國小時，班上有幾個外省人子弟，大部分都是公教人員的子弟。隨著時間的過去這些外省子弟或中國人，他們的經濟能力突飛猛進。政府高官與地方派任官員都是外省人的臉孔。在我成長的歲月中，我深深感覺到臺灣人受嚴酷統治，受到國民黨政治力運作下的種種剝削，還要飽受他們的「教育」與各種媒體宣傳灌輸的洗腦，直到臺灣人的物質與精神資產消失殆盡爲止，眞是臺灣人的悲劇。

國民黨在臺灣的巧取豪奪，已經成爲他們在臺灣生活的一種文化，是全面性的，此處僅略爲舉一、兩例加以說明：

一、蔣家政權在臺灣大印鈔票（通貨），由這些窮光蛋的外省人向臺灣人「購買」他們所需要的東西，這些通貨流入臺灣，造成了「五塊換二十萬」的通貨膨脹，臺灣人的財產大量流入他們的手中。

這些外省人占據各級政府與公教的職位。（有些人沒有學歷也任意僞造、通融）這些素質差的中國人從上而下掌握臺灣的政治、經濟、教育等等，最後終於將一劣質的文化深深地種植在這美麗的寶島上面，臺灣今日生態的破壞、道德的淪喪都是這些中國人做出來的結果。

拿今天的日本、中國與今天的臺灣相互比較，就可以明瞭中國人對文明與文化進步的抵消作用，其程度是如何了。

二、以下談我二舅的事情，我二舅今年六十六歲（他大我十四歲），他的事情我迄今並不完全清楚，同樣只是片段從母親與外婆的談話中知道一些，自己另外拼湊而成：在我小時候，二舅衣冠整齊在公家機關服務（後來才知道是我伯父把他介紹給稅捐單位）。後來他跑來祖父的礦場擔任職員的工作，平時則意態悠閒，唱歌、爬山，腰間插著一副彈弓，打下了不少小鳥，有的沒有打死，被他養在鳥籠裡。簡而言之，他過著一種避世隱居的生活，他的未婚妻（很漂亮）和他解除婚約離他而去。後來他離開煤礦跑去當卡車司機，再服務於一麵粉工廠。如今退休，固定爲日本的公司充當翻譯的工作。他在桃園結婚生子，生活還算美滿，只是畢生爲強迫性精神官能症所苦，至今仍然如此。

事情的緣由是他本來是當時延平學院的學生（很奇怪，外祖父三十七歲去世，母親受僱於日本公司，大舅因家貧無法繼續升學，擔任日本警察，後來經商成功、家庭美滿，而二舅年輕時家境不好如何能進學院求學？），二舅和他延平學院的同學以及一些就讀臺北工專的朋友，似乎加入了共黨組織，延平學院被解散，二舅的同學與工專的朋友，有的被抓、被苦刑至死、有的被槍斃、有的被關十年。只有二舅最幸運逃亡成功，逃過一劫，不過也因而失去了未婚妻、失去了一份很好的職業，而且罹患了強迫性精神官能症。

關於二舅的事情，我是斷斷續續從外婆與母親等人談話時偷聽得來的。因為國民黨政府的白色恐怖與言論禁忌直到後來才停止。從前，臺灣人是極為恐懼政治話題，甚至轉化成為一種冷漠的文化（甚至強調以冷漠為美德的文化），許許多多成年的臺灣人常故意以拒絕表示政治見解，或避免談論政治來表示自己的成熟、客觀與「懂事」。

發生在二舅身上以及他的同學與朋友身上的事情，使得他們的父母輩創鉅痛深，兩家人之間甚至也曾為此相互抱怨與指責，彼此的子弟居然相互牽扯，涉入如此的悲慘命運之中。

二舅與他們同黨，彼此的父母都是認識的，其中尤以張姓的工專學生，與外婆、母親經常往來，一直到事發後數十年歸天仙去為止。儘管他們的見面不頻繁，甚至儘量減少，見面時也儘量避免談論兒子們的憾事（也是禁忌），然而長年下來我還是能夠聽到他們的一些事情：在看守所苦刑至半死叫家人前去領回，回到家裡不久就死去的有一個，張姓（張倚融）朋友被關十年，之前由於將他左右一手指吊起、全身吊在空中加以刑罰，因此各斷一手指。張姓朋友被關入監獄之後，他的母親常去探監，據她向我母親說的話意思是，開始去探監時監獄道旁的樹苗還小，往返探監的路看著那些樹苗成長，直到成為大樹……。種種痛苦無不一一呈現在這位可憐慈母憔悴與蒼蒼白髮的老態中，並無情地縮短她的壽命。

在我的印象中，二舅的這一干同學與朋友都是一些眉清目秀、資質不錯的青年，受到命運無情的摧殘，誠爲不幸的悲劇。在這些人之中，以二舅與張姓朋友較爲幸運，得以保全性命。張姓朋友出獄之後結婚，在昔日未蒙難的同學與友人的協助與合夥下，開了一間工廠，從此事業還算順利，我也參加了他的婚禮（以一個小孩子的身分參加），並常到他家去玩。回憶我最後一次與他們全家人相聚的景象，張姓朋友是老大，個子比較小；老二個子高大是一個鐵匠，但是會拉小提琴，現場表演爲全家人助興；老三當時讀臺北工專（五年制），很沉默地在角落桌上看書……，多年之前我在報紙上看到這老三在美國，拿石頭砸北美事務協調會(等同於中華民國駐美大使館)的玻璃，他當時已經是美國國家科學院的院士，據說有非常顯赫的學歷（他叫張倚石）。張姓朋友以及他一家人都是一些具有發達的理智與豐富感情的臺灣人，而且資質都很好，我相信二舅以及其他那些不幸死去的人，包括死於二二八事件的人，都是這些優秀的臺灣人。

二舅僥倖逃過一劫，他的逃亡經過，後來聽母親談起，實在是驚險而且曲折，也顯示出逃避追捕時二舅耗盡心機。這些敘述起來頗具偵探小說的效果，篇幅所限姑且予以省略。無論如何，二舅逃亡成功要歸功於我父母的冒險相救。聽到二舅出事，母親私下資助金錢、首飾，二舅逃到南部，冒充農夫幫人種田，最後由我父親在我們鄉下礦坑附近的深山裡面，蓋一臨時居所讓他棲身，並由一心腹爲他送糧食與日用品，直到政府同意無罪投案，才出來。二舅投案之後，不知要接受什麼洗腦式處罰我不得而知，也不敢知，即使問了也沒有人會回答。

這件事對二舅的影響是：未婚妻婚變，失去他在稅徵處的工作，從此幾十年來絕口不談政治。此外，他這幾十年來罹患了強迫性精神官能症。二舅是我長輩中知識比較豐富的一位。我在少年時，曾由他那裡薰陶了一些品味，可是在我成年之後，他反而常向我求助，希望我協助他克服精神官能症帶來的痛苦（我很不願意談他的症狀以及他的痛苦）。

我沒有能力口述臺灣歷史，但很樂於口述發生在我家長輩身上的一些事情。我相信這些事情絕不只是一些單一個案，如果他們具有普遍性的話，那麼他們也就具有歷史參考的價值了。

我想說，我曾體認了一部分臺灣人悲慘的歷史，然而或許在正統歷史學家的眼中，我所說的也不過是全體眞相的滄海之一粟罷了。

｜九｜

口唇炎顛簸五年（大縮減版）

㈠ 口唇炎煎熬四年半，群醫束手

二〇〇七年十二月

嘴唇紅腫、表皮如吹脹的汽球呈薄膜狀，時時感覺灼、熱、辣、痛，不小心碰觸食物或液體更是疼痛難當（可以想像臺大爲我太太做切片檢查傷口拆線時的狀況）。吃東西時必須將食物切成小塊、張大口仰天將小塊食物送入口中避免碰觸嘴唇，喝水時必須使用吸管斜斜從嘴角插入口中，無時無刻隨身攜帶凡士林塗抹雙唇以防風吹刺痛。

所看過的門診除臺大爲主要之外，還看過多次的遠東診所、黃禎憲皮膚科、張俊祥皮膚科診所、長庚醫院、仁愛醫院。從皮膚科、免疫科、內科、牙科，甚至還有精神科，看過的醫師總共二十人上下。

不斷地門診、一次又一次的希望、一次又一次的失望。同一醫師看好幾次，給他足夠的時間觀察思考、研究，但結果都是一樣。比較率直的醫師說：「抱歉，無能爲力。」也有的說：「小病痛人所難免，學習習慣它、和它和平相處。」或者說：「這種病又不是只有妳一人，只是妳稍微比較嚴重。」、「可能是精神壓力，好好去旅行、散散心吧，忘了它。」、「妳先生給妳的壓力……」等等。

口唇炎痛苦的幾年間還伴隨著便祕、腹脹、疲倦、無力（爬階梯到最後幾階還必須停下休息），以及長期的蕁麻疹和腕隧道症候群等，還有嚴重的失眠，我長年必須爲她睡前按摩，按摩完之後輪到我久久才能入睡。

經過各種內科、免疫科一些簡單的基本檢查、加上切片等等，結論是口唇炎，不是其他疾病，但就是治不好。

幾年口唇炎的折磨，從滿懷希望，到焦慮困惑不知所從，到徹底失望、死心絕望、黯然神傷、默默忍受這場災難，一個生性怡然恬淡、無憂無慮的女性，竟然呈現沮喪木然的表情，甚至要使用鎮定劑來安撫她惶恐的神經。

下面順便談一談她幾年來如何刷牙，尤其重要的是某位醫師對口唇炎患者該如何刷牙的指示。一位大醫院退休自己開診所的知名皮膚科醫師說：「口唇炎之所以不易痊癒是因爲傷口無法避免碰到水分。試想如果妳身體有任何一處外傷經常碰到水，它可能痊癒嗎？因此，妳要它痊癒必須做到絕不碰到任何水分。」聽完之後，我當場請教他：刷牙之後的水如何吐出？他的回答如下：「用開水或稀釋食鹽水刷牙，不要使用牙膏。刷完之後、漱完口，水不要吐出來，直接吞到肚內，應該這樣處理。」聽完之後一秒鐘我問那醫師：「假如我使用大型注射筒加一條橡皮管，漱完口將髒水抽出可以嗎？」我們就用這方法漱口刷牙，用門外漢土法煉鋼的漱口法，沒有使用醫師指定的「醫學正規法」漱口。另一位醫師的指示是：「不必理會妳的嘴唇，水照喝、東西照吃和平常人一樣活動，不要把它當一回事。」我把這兩位醫師的話加在一起，算一算正好等於零。

比起人類眞正的痛苦，我太太口唇炎四年半的痛苦只是滄海之一粟，卻已令人不堪忍受。這四年半的教訓我要說出來讓人知曉，我太太的口唇炎不會是單一個案，我相信還有類似的或程度不同的病例發生在別人的身上。

(二) 旅行治療

有些醫師治療口唇炎束手無策之後，勸我們去旅遊鬆弛神經，讓身心獲得休息，使口唇炎慢慢康復。

當時我們不算經常旅行，但也到過不少地方旅遊。由於跟團出國旅遊品味不合，很不習慣，後來的旅行都是自行前往。我們到雪梨郊區Wahroonga我妹妹家住了二十幾天，經常乘坐雙層火車到雪梨市區去閒逛。

雪梨港範圍很大，近看遠眺都很美麗。岸邊草坪、大樹或繁華的建築與市街，藍色的海水、渡輪，漂來漂去的帆船，甲板上人們打赤膊晒太陽，懶洋洋的享受悠閒。歌劇院、熱鬧的群眾，在港邊露天的餐廳一邊用餐一邊欣賞海景。有時開車到海水浴場，我們也曾順便到澳洲許多風景名勝去旅遊一番，不必細述。

妹妹在Wahroonga的家非常寬敞，有小型游泳池。住家所處的社區全都是平房建築，獨門獨戶，各有圍牆，圍牆大多由樹木圍成，當然也有木造或磚造，有些大戶人家裡面有網球場及大型游泳池。

社區家家戶戶屋前屋後巨樹參天，進出通路非常寬敞，都有自己的車庫，路邊無人亂停車。平常整個社區很少有人在外面走動，除了蟲鳴鳥叫之外，靜悄悄的有如正在防空演習。附近不遠處有橢圓形運動場供人運動（常看到青少年打橄欖球、中老年人跑步），那運動場面積很大，他們都叫它oval。簡而言之，那是一種絕對的寧靜與放鬆。

另舉一個例子是，我們也曾駕車在美國許多州漫遊，甚至跑到東北部緬因州的北部海邊小漁村吃龍蝦，晚上住宿小客棧。記得有一家Harbor inn收費低廉，一晚才三十五美金，還供應兩人自助早餐。這小旅店外面有大片草坪，草坪彼端是湖泊，越過湖泊是遠方稀稀疏疏紅色傾斜屋頂的住家。波士頓哈佛大學、麻省理工學院、波士頓市乘坐ducktour……紐約自由女神、羅德島……國家公園……爬石頭山，乘船出海賞鯨、參觀博物館，喬治亞州晚上雷射秀……述說不盡的良辰美景。

然而，無論是在鬧區的旅店或小鎮的客棧（打開窗戶可以看到綠葉在前、美麗的街景在外），無論是在海岸邊大片草坪上美麗的別墅，或開車經過一不知名的學校，校園外面大片草皮上面滿滿點綴著細小的黃花，凡此種種，所有的寧靜，所有的良辰美景，都無法讓她消除嘴唇的灼痛以及失眠、焦慮的痛苦，問題不是如醫生所說的那麼簡單。（原刊載在《台灣日報》醫保版二〇〇四年九月二十四日）

㈢ 精神科門診的經驗

這口唇炎經過將近一年半的治療之後，就有皮膚科醫師建議我們看精神科，他們可能把口唇炎的原因歸類給精神問題。於是我們抱持著一絲微弱的希望前去精神科掛門診。大概是我們不夠瘋，無法讓那些醫師發揮長才，使得三次的門診同樣白忙一場，還發生一點點不愉快的事情。

接下來的主治醫師和我們一起晤談，他似乎忘記了口唇炎的痛苦與絕望這個重點，而另有深意和我談到了一些其他問題。

話題也曾談到醫師本身的問題上，包括了有婦科醫師趁機藉故要求內診，一邊進行內診一邊與女病患交談一些不適當的言談，也沒有按照規定安排護士在旁等。

我先告訴他這種事情是曾發生過的（事實上我所說的這婦科醫師與這個醫院無關），他聽到之後面容一整，嚴肅的回答我說：「醫生不可能做這種事！」對於這位醫師這種膚淺而虛假的鐵嘴，我立即當場給予完全否定的評價，我提醒他：「當你說所有的醫師如何如何，例如不可能誤診、不可能收紅包、不可能性騷擾等等事情時，簡而言之，當你使用

『所有的』這個詞的時候，你要格外注意你自己的言行。」他以假道學的姿態對我，我卻以理性與常識的考慮點醒他。

他反應很快，立刻回答說：「我沒有說所有的醫師，我所說的是只限於本院所有的醫師。」他一下把一百步修正爲五十步。我不是一個四處招惹人的人，但假如一個醫師隨隨便便告訴你說：「醫師不是神。」等等輕浮的口頭禪，該殺球時我會殺球，絕對當仁不讓，我心想：「誰封你醫生是神？」顯然，這種諮商治療沒有什麼正面的價值。

離開時我不客氣的告訴他：「我講這些是爲大家好，等你仔細想過之後，假如想和我繼續討論，請打電話給我。」當然我給了他我住家的電話，當天晚上他來電，我們花了不少時間，我想電話中的這一次談話是比較具有正面價值的，對他的益處顯然不小。

這一次是一位代理的女醫師。

她細心翻閱前面精神醫師的記載，當我太太告訴她嘴唇疼痛治不好，所以如此勤跑醫院又回來求診時，她抬頭無比嚴肅地告訴她：「妳要知道，妳主要的問題是妳自己焦慮的問題，妳有嚴重的焦慮症妳知道嗎？」聽到她這番話，我則當場否定她如此露骨而又逃避責任的言談並加以制止，她也立刻反唇相譏，充滿了敵意，最後她低頭在病歷上整整齊齊地寫了好幾行字，照抄如下：（這當然是事後才知，當場我不知道她寫些什麼）「1.病人的先生認爲精神科醫師沒有用，亂開藥，而且皮膚的問題看了十五個月也沒有好，難道不是□□醫院的錯？2.病人的先生認爲『我』不應該告訴病人她有焦慮症，這是加重病情的行爲。」

這次她依照病歷表上上回醫師所開的藥名，又抄了一次作爲處方，請注意！這皮膚科醫師似乎也「插花」模仿起精神科醫師起來了。

由於發覺醫師慣於參考前面病歷內容，精神科醫師所記的既刺激又痛快，一個抄一個，互相觀摩、不斷擴散，因此我設法將兩頁病歷取出了解並加以保管，這是我深感抱歉卻又萬不得已的措施，要不是我取得這兩頁病歷，我永遠不知道原來我辛苦排隊掛號、候診、看診、結帳，上下車等車，換來的是讓他們暗地裡寫了這些東西。卻又不通知我這個當事人加以因應與改進。（原刊載在《台灣日報》醫保版二〇〇四年九月二十一日～二十三日，原文詳述後來口唇炎如何自行發現關鍵所在，自行加以治癒的經過，此處概述經過如下：㈠無意中服用含輔酵素維他命B_6的維他命治癒了長年蕁麻疹，聯想到是否因爲無法正常吸收普通B_6，必須使用輔酶型B_6才能吸收？當時夫人所患的不只單純的口唇炎，

而是更上一層的B_2缺乏症，乃大膽假設有B_2吸收困難的情況，或許使用輔酶型B_2可以治好。之後先取得醫師同意注射B_2和B_3混合針劑「美福明」直接吸收而治癒，接著使用藥用級輔酶型B_2 FAD，最後使用食品級輔酶型B_2 FMN維持，結束五年的口唇炎折磨。）

| 十 |

跌破衆醫師的眼鏡

我太太多年前罹患帶狀疱疹（之後六年我們也曾檢驗過伊斯坦—巴爾病毒（Epstein-Barr Virus），先特此說明）。帶狀疱疹痊癒後，隨即發生持續四年半嚴重的口唇炎，日以繼夜的痛苦煎熬（臺大一位皮膚科醫師指出，他行醫多年，像如此嚴重的口唇炎病例，生平只見過兩個）。經臺大等醫院診所七、八科、二十多位醫師診療，並做過各種內外科相關檢驗，查不出異狀（只有白血球偶爾略低於正常值五千，她的值曾在四千上下，有時正常），甚至曾內服一個月的類固醇，完全無效，群醫束手無策，並相繼坦然相告無能爲力。

口唇炎期間，同時伴隨著長年的蕁痲疹（長年服用醫師處方的抗組織胺）、腕隧道症候群（經常性到醫院做超音波與熱敷復健，戴特殊手套護手，有時醫師從手腕部注射類固醇）、便祕、腹脹、失眠、虛弱無力、氣悶、暈眩（虛浮感）、沮喪……分別由醫師長年給予腸胃藥、鎮定劑、精神科分析治療。〔我曾在書店書架上看到一本有關醫學診斷的通俗書籍（記得作者是日本醫學博士），上面翻到類似如下的語句：「許多因維他命缺乏所引起的精神症狀，往往被醫師誤診斷爲精神官能症狀」。〕長年以來，我太太前前後後曾看過診的科別，至少涵蓋皮膚科、免疫科、新陳代謝科、腸胃科、心臟血管科、精神科、牙科、婦科、家醫科、感染科等，一天到晚進出醫院診所，但疾病依舊纏身。

口唇炎被我治癒病癒後，許多長年治療過她的醫師仔細端詳她康復的嘴唇，一一啞口無言，忙著撿拾掉了滿地的眼鏡碎片。之後兩、三年倒是有一位醫師告訴我說：「就這一件事情而言，你可以算是一個科學家。」我欣賞這位有自信的紳士如此激勵人心的慷慨贈言。這是唯一來自醫師口中的有聲肯定，其餘的醫師無不以沉默來表現他們內心的讚揚。

「科學家」一詞未免言重，不過我這醫學門外漢，倒是有一些理性與常識的觀點想加以表達：

1. 我太太口唇炎這一考題，一群醫師抱鴨蛋（儘管他們經常考高分），這分數（鴨蛋）鐵案如山，任何雄辯都無法加以撼動，既然事實勝於雄辯，不必爲此再多費唇舌。

2. (1) 假如我國醫院像日本等國醫院有補酵素型維他命（我曾經非常迂迴地從日本醫師處

取得四週中劑量的活性維他命B_2 FAD）可供醫師處方，或市面上有活性維他命B_2如FAD銷售。我太太的災難可免，健保資源一大筆可省。

(2)假如醫師能診斷出眞正原因在於無法正常吸收普通維他命以致於缺乏維他命，這一切也都可免，因爲他們自然可以使用針劑，或告知我們向國外取得活性維他命。（如果他們知道什麼是活性維他命的話）

十一

一個沒錢念書的女人

□年前在我退休的那一年，我偶然被檢查出罹患C型肝炎，由於過度恐慌，有很長一段時間，我一兩個月就跑大醫院抽血檢查並接受診查。由於出入醫院太頻繁，我自己成爲常客，也常遇到一些熟客，其中之一是一個五、六十歲的婦女。見過幾次面之後，在候診室候診時，彼此閒聊了幾句，我才知道她渾身病痛，不得不常跑醫院。我問她爲什麼每次都單獨一人來看病，沒有人陪伴？她說她單身，既沒丈夫也沒子女。當談到彼此的病痛時，她告訴我：「除了胃病痛得難過之外，全身都是病。」她接著又告訴我她的病因：「我愛各種東西，我什麼都愛，爲了買我愛的東西，我努力拼命賺錢，我的身體越來越差，直到渾身是病爲止，我胃痛……。」我問她：「妳做什麼事賺錢？」她回答說：「我這一輩子都在爲人做衣服，我想你一定不知道做衣服有多麼操勞。我的身體越來越糟，實在不行了。」她最後結論說：「總之，我家貧窮，如果小時候家裡有錢能讓我讀書……」

我繼續按時到那家大醫院去門診，但後來我不再遇到她，回憶最後一次我目送她孤單的背影離去，想起她蕭瑟悽涼的晚景，不禁感傷不已。

這女士貢獻自己辛勞的服務，換取自己生存和生活之所需，就這一點而言，她比那龐大的社會腐敗寄生結構高尚得多，不可同日而語，令人對她產生敬意與同情。

談到她拼命工作賺錢買她所愛的東西以致於渾身是病。在臺灣這種例子到處都是，爲了愛各種東西，愛虛榮、愛實榮，比她更慘烈的例子列舉不盡。

說到她羨慕別人有錢念書，那些有錢念書的人羨慕考得上學校的人，考得上學校的人羨慕考取前三志願的人，考取前三志願的人羨慕考取第一志願的人，考取第一志願的人可能還要羨慕那些免試入學占了大半國立大學最熱門科系的僑生空降大隊（從我妹妹臺大畢業同學錄上可以看出，當時最熱門的臺大醫科、電機系等科系，有二分之一到三分之二是由免試入學的僑生所占據。我服務的學校早期三分之一的教師是僑生，他們全都免試進入師大或政大畢業，在教育界占據學校主要職位，另有三分之一爲軍人轉任教師）。這些免試入學的僑生羨慕的對象非萬年中央民代莫屬；不必選舉，一輩子領高薪，享盡各種保障與福利，占據高位，掌控權勢（還有政府配給他們的高級住宅）。但這些「資深」中央民代也有他們羨慕的對象……所有以上這些人全都不必辛苦替人剪裁與縫製衣服，他們似乎只負責享受千千萬萬人不斷地提供對他們的保護與服務。

我服務的學校被安插了無數的退伍軍人擔任教職員工的工作，主計主任也是退伍軍人保障加分考試而晉升。一個臺籍年輕職員，天天努力苦讀，年年參加高考，一直考到中年退休都沒考上，他羨慕的對象是那些外省籍的考生，因爲高考名額當時是按照中國三十五行省十二院轄市平均分配，臺灣省籍考生超多，分配到的名額卻反而比較少，當然考不上。臺籍青年男女大量禮讓學位與工作職位給外省籍的僑生與外省籍的青年，讓他們登上社會重要職位，掌控政經、教育與媒體，成爲一龐大利益共生的有機體，進而掌控臺灣的命運與走向。透視當今臺灣政經、教育媒體的實況，不難看穿整體狀況發展原由的來龍去脈。

這女士的悲哀，何嘗不也是臺灣人的另一種悲哀？

| 十二 |

他因命苦而早逝

這是非常非常久遠前的事了。我在報紙上看到一張照片，照片裡面好像是一個小型墓園，記得前面是圓弧形立體的造型，是一年輕的女人耗費巨資為她哥哥建造的一座美輪美奐的墓園。據報導，她無限悲傷，哭泣著告訴人說：「蓋再大的墓園又有什麼用？人都去了，這又有什麼用？」

她哥哥是留美學人，學成歸國正要有所作為，之後發現腎衰竭，不久去世。他原就讀於臺北某著名私立工學院，從小非常努力用功讀書，還要幫忙父親工作謀生，上大學之後四處為人家教補習，留學期間更是努力打工賺錢，他不但為自己賺取學費和生活費，還供應他妹妹求學期間所有費用，一直到她大學畢業。自己任務達成，正當壯盛之年卻油盡燈枯告別人世，他妹妹真是為他悲痛到極點。

據報導，他讀小學時就必須幫他父親工作，有時坐在牛車上趕牛，爲了怕同學看到取笑，常把帽子壓低蓋住半邊臉。學校中午吃便當，怕同學笑他菜不好，老是用便當蓋蓋著便當，匆匆吃他的午飯。

《茶花女》這一部歌劇裡面，女主角曾抱怨上帝，她唱「祢既讓我如此命苦，爲何又要讓我如此早死？」

我卻認爲早死往往與命苦有其因果關係，許多人事實上因過度的命苦，折損他的生命而早死，我想上面所說的這個青年就是一個例子，太多的願望、太多的壓力、太多的操勞使他命苦，太多的命苦耗盡了他的陽壽，他終於心力交瘁、油盡燈枯、魂歸離恨天。這世上有多少因命苦而早逝的生命？

| 十三 |

小女孩的用餐時間

當時我大約八、九歲，那鄰居小女孩大約五、六歲，她面貌清秀、神態怡然。

我想起有一次她用餐的情景。記得她左手端著一碗稀飯，右手拿著一雙筷子，一邊走動，一邊吃她的稀飯，看起來這是她一天之中特別快樂的時間，我想像如果她長有尾巴的話，一定連根緩緩悠然擺動，她那一碗稀飯上面似乎有一些蔬菜，尤其重要的是碗的邊緣一處特別劃定一區域，上面慎重安置著很小一片純白的肥豬肉，她快樂的走動，一邊吃她整碗珍珠般的稀飯。我看到她偶爾用她的筷子去撥弄並輕壓、拍拍她那一小片肥豬肉，隨時確認一下它的存在，以安自己的心，並表示滿意。

終於她享用完她那一碗珍珠粒般的稀飯，最後她用筷子小心翼翼夾起那一小片三個花生米粒大小的純白的肥豬肉。將它舉到眼睛前方，端詳片刻，然後送入口中。

於是用餐結束，她嘆了一口氣，接著，帶著她的碗筷，匆匆跑回家去，□十多年過去了，她的小名我早已忘記，她的輪廓我依稀記得，她當時長髮，面貌清秀，微胖，口角經常泛白，不知她這□十多年來過得如何？

十四

老父下跪請求兒子原諒

以下我所談到的搶案都是搶了人家的東西掉頭就逃跑的模式，沒有包括那些與殺人、強暴有關的搶劫，特先說明在先。

記得我少年時期，報上曾連續刊載一重大搶劫事件，之所以稱之爲「重大」，是因爲牽涉到一駐臺美國外交人員被人入侵住宅搶劫財物，當時國民黨政府下達嚴厲限期破案的命令，這命令立竿見影，不到幾天就逮到一群年輕人，其中「首謀分子」的名字我到現在還記得。報上刊登他們被銬成一串的照片，不久之後這些年輕人被依照《陸海空軍刑法》判處死刑，並立即執行以收速審速結並以昭炯戒之效（當時屬戒嚴時期，那幾個年輕人雖不是軍人，仍然依軍法速審速結）。當時我常聽人談論此案，一般認爲那幾個少年人是被充當替死鬼。因爲警方破不了案，爲了對老美交差，隨便抓了幾個人結案了事。除此之外，我倒沒聽說如此戒嚴法對待那麼年輕的少年有何不妥，大家似乎頗能認同「嚴刑峻法可以促使治安良好」此種素樸的法律看法。

多年之後，在臺北市西町鬧區（當時東區尚未崛起，西門是北市最熱鬧的地段），一個年輕人在人群中伸手，從後面搶走了行進中婦女的皮包，拔腿就跑，結果跑不了多遠就被路人當場活捉，這年輕人如同數不清案例一樣，被判處死刑，而且很快就執行。在我記憶中，當時也有報紙撥出一小角落，刊登一小段那年輕人的哀鳴與求饒的聲音，他表示因缺錢用，一時之間，一念之差犯了大錯，但似乎罪不致死，他的聲音無人理會。我曾聽聞，在一些野蠻的部落裡面，專制的酋長如何斬斷小偷的手以示薄懲，以維治安，我覺得這些酋長們拼治安可以到當時的臺灣來進修。

類似的例子列舉不完，我且隨意再舉個例子：有兩個演藝圈的青年兄弟，蒙面搶劫一當時知名女星，記得搶了四十萬臺幣，離去之前將該女藝人捆綁，事後那女藝人報警並指認那搶劫她的藝人兄弟，因為她說她認得他們的身影，這兩兄弟的母親四處奔走黨國高官求救，希望念在他們同屬大陸來臺，先人功在黨國，兄弟兩人至少留一個傳宗接代……不久之後兩兄弟被押赴一處墳場，由憲兵執行槍決。這兩兄弟外貌英挺，身體健壯，是所謂的外省第二代。

記得沙鹿運鈔車被搶走一批現款，六個年輕人被槍斃，六人其中有現場搶劫，有幕後參與，但不論首從一律槍斃。

我在金門服預官役期間，身邊一個傳令兵常告訴我一些軍中槍決人的實況過程，例如他曾被派公差前往參觀槍決人犯（以便他回到連上宣傳慘狀供連上弟兄「參考」警惕），他告訴我槍斃現場棺材草蓆、棉花等等齊備，人犯出場，槍決後，奉派參觀的士兵排隊繞場細看滿地血腥的慘狀，以便回連上描述給眾弟兄們聽。

記得當時軍中偶爾在大操場上集合全師官兵，一次九千餘人接受長官訓話。往往順便拖出一串服刑軍中監獄的囚犯，站在司令台上一字排開展示給全部士官兵參考警惕，這些年輕軍人囚犯一個個被剃光頭，骨架粗壯，或因飽受艱苦與長久折騰，有如久不見天日，剛從地獄借提出來的怪物一般，戴著全副沉重的手鐐腳銬，一個個相貌外表大異於尋常人類，猶如蠻荒野獸經百般苦役，強力壓制野性後一種暫時與表面的馴服。

我始終認為這些囚犯似乎陽氣或野性太盛，如能提供適當的戰場，驅趕他們上陣衝殺，可能會有發揮所長的優異表現，可惜遭逢不遇落得如此下場。

記得有一次我在電視新聞鏡頭上看到一群搶人東西的年輕人被銬成一串，從法庭魚貫走出，他們剛被宣判死刑。當守候在外的記者，隔著一段距離問他們當下的感受如何時，這些年輕人一個個表情激憤，作勢攻擊，但全身只有兩腿能自由活動，於是他們紛紛舉腿把穿在腳上的拖鞋踢飛向記者所在位置而來。

也有一群年輕人因搶劫罪行遭速審速結，綁赴刑場槍決前，先讓他們在電視鏡頭前亮相，以儆效尤。他們一個個手銬腳鐐，拖著出來，腳步踉蹌，彎腰低頭，臉部肌肉因情緒極端激動痛苦而扭曲變形，在旁押解人員有人手執水桶內裝米酒，有人手執長柄的瓢，不時從水桶裡面舀酒，胡亂猛往那些狼狽行進中的死囚的嘴巴灌送，目的大概是想借酒替這些臨死囚犯壓驚，當然在一片混亂中這些灌送出去的酒大都流失到地面上去了。

簡而言之，在我的記憶中，曾有幾十年的時間，在軍中或平常社會中，這種處決年輕搶犯的鏡頭經常不斷。

我最後還要再舉一類似的場景、類似的鏡頭，一群年輕人剛被宣判死刑定讞，眼見速審速結，不久即將被執行槍決。離開法庭，魚貫行進前往囚車之前，守候在外面的記者以及若干圍觀的民眾之中，照例有人高聲問些顯然沒什麼水準的問題如「你們此刻的心情如何？」等等，同樣地他們作勢猛撲，接著兩腿亂踢，拖鞋飛了過來，不在話下。

和以往不同的是，我突然看到一個五、六十歲的瘦長身軀的男人的背影出現在鏡頭之前，他穿著簡樸，十足臺灣南部味，白色外衣覆蓋腰帶，腰部兩側有口袋的襯衫。他三兩步就走到其中一囚犯的眼前。大大出人意料的是，他突然快速地直挺挺地跪在他兒子的面前，仰頭上望他死囚兒子的臉部，他兒子則緊閉雙眼、神色蒼白、滿臉悲苦仰望向天，我從背後看不到這父親的臉部，只見他兩手緊緊環抱他可憐骨肉的雙腿。騷動紛擾的場面爲這突然的父子斷腸無言的一幕，頓時靜止凝固了五、六秒，很快他們立刻被架走拆散，不久一串死囚消失在鏡頭前面，主播接著下一個宣傳社會安和樂利的新聞主題。

記得很久以前臺北縣某鎮有一男人塗抹口紅穿女裙，全身女裝上吊自殺身亡，遺言表示貧困無法妥善照顧妻女，愧稱自己不配當男人，因此著女裝自殺謝罪。

可憐的孩子，還有可憐的父母。有時我們常禱告，祈求上帝「饒恕我們，如同我們饒恕他人一樣。」但這可憐的父親以自己的無能與虧欠，眾目睽睽之下現身在電視新聞鏡頭之前跪求他同樣苦命的死囚兒子的饒恕，這場景太過激烈，深深刺激我的神經，震撼我的心靈，使我永遠無法忘懷。這可憐的男人，一個樸實、顯然匱乏的臺灣鄉下人，從他短短幾秒鐘的舉止動作所給予我的印象，他絕不是欠缺水準的人。一個人的成敗、環境與運氣的因素所占的比例不小，這父子乃至於他們家中傷心斷腸的母親與兄弟姊妹等等，只是運氣比別人差而已，這少年罪不至死，他死於爲期超過半個世紀的《戒嚴法》。這父親的「跪」，何嘗不也具體地表象了所謂的「臺灣人的悲哀」。

| 十五 |

他瘋狂奔向毀滅

事隔□十多年了，這學生如果不早逝如今也快□十歲了。一個身體健壯、頭腦聰明的學生，看起來似乎前程似錦，只因一件事情傷透了他的心，他發足狂奔，瘋狂奔向死亡。

他名叫□□□，是當時三年級功課最好的班裡面的學生。事情發生在□十多年前，學校發生了一群膽大妄爲的學生犯法違規事件。包括學校合作社被侵入破壞偷竊，用泥土塞門縫擋水，先在裡面大小便，然後將文具、餅乾、簿本、食物等丟棄散落一地，然後引水進來灌滿整個地面，浸泡滿地的物品，一打一打的汽水飲料被搬到校門口摔到橋下溪流之中（當時校門口下方有一溪流經過，上有一座水泥橋）。此外，合作社裡面留存的現金零錢，全都被搜括一空。

接著學校月考的題目外洩，兩次月考試卷發下去，考完月考，老師閱卷發覺情況有異；後段班學生答題出奇順利，幾乎人人預知考題（大異於往常），顯然早已有人同時散發解答。校方從那些所謂的後段班學生中展開調查，結果查出一群學生集體「犯案」。令人跌破眼鏡的是，這一群「牛頭班學生的帶頭領導人，居然是三年級最優升學班的一位眉清目秀的學生，他姓□，他設計、推動並指揮每一次的犯規事件」。這一群「牛頭班」的學生，全聽他的話在胡作非爲。

當時的校規比較嚴，不像後來輔導觀念的興起。學校以惋惜的態度讓這姓□的同學轉學到鄰近的□□國中去就讀，轉換環境。

這□姓同學到了新學校，顯然繼續不停「亂搞」。不久之後中輟，接著進一步在本鄉鄉內行竊機車，四處飆車遊蕩，結果被抓進警察分駐所。

且讓我繼續長話短說，在分駐所，他戴著手銬，被銬在座位上和警察先生閒談，之後要求上廁所小便，警察不疑有他，讓他起身自由前往廁所，想不到他趁機發足向戶外狂奔。警察發覺，隨後緊追上去，追到一條小溪的岸邊，由於他兩手戴著手銬奔跑，一路跌跌撞撞，失去平衡，他從岸邊滾入草叢，翻落溪流之中，一時之間失去蹤影。警察找不到人，逕自回去報告上級。後來，經搜尋發現這少年因頭部撞擊到溪流中石頭，早已死在溪流之中。

這件事情引起□同學家人與警方嚴重爭執。有警員爲這件事情受到處分，似乎也有提到賠償事宜，不在話下。

我最後一次看到□□□同學是他的遺體被人從分駐所的方向抬出來，沿街走下來，擔架上覆蓋著層層藍白條紋塑膠布。

他從一到三年級都品學兼優，忽然之間蛻變成另外一個不同的人，他爲什麼如此？他究竟遭遇到什麼事情？□□□同學從出事到死亡這段期間，我都在校內鄉內。由於我沒有負責處理他的事情，事實上有關於他的一切，我也都是間接得自同事的描述。可是這件事情太過於不尋常，使我耿耿於懷。自始至終□□□的死對全體教師而言，都是一團迷霧，唯獨我是一個例外。

多年之後，我偶然聽到鄉人無意間談到了這□姓家人的一件往事：「自從他姊姊淪落煙花（鄉人的用語是「□□」）那一刻起，他就完全變成另一個人，開始到處作亂（鄉人用語是「作惡」），終於意外死亡，眞是報應。」

這傳言有可能是眞，因爲它合邏輯地解釋了我困惑多年的一件『異常事象』（「異常事象」是科學史的用語）。

一個愛惜羽毛而幾近潔癖的少年，當他發覺到他至爲親近的姊姊、他所敬愛的姊姊，她無比珍貴的少女尊嚴竟然遭受到徹底侵入時，他痛徹心肺。於是自暴自棄，他發足狂奔，瘋狂奔向毀滅。他姊姊的事使他如此在乎。他的「潔癖」和他的「血性」導致他的早逝。他率領一群學生偷竊考試卷，親自提供解答，犒賞那些終日爲考試而挫折的難兄難弟，「仗義」向那些弱勢的後段班學生伸出援手，一方面藉此順便向師長們開開玩笑，展示他極端悲苦中強自作樂的幽默，眞是小孩子胡鬧一場。至於校門口橋上橋下遍布的汽水瓶玻璃片則具體表象了他徹底的心碎，他無限的淒苦與委屈，是小孩子無言抗議蒼天的傻法子。

本校校史上集體撬開學校鐵櫃，偷竊考卷與合作社的案件，僅此一樁，是一個原本品學兼優，極可能大有作爲，一個眉清目秀的少年所做出，他最後以死謝罪、魂歸離恨天。他如不死，如今也快□十歲了，眞是令人痛惜，無法釋懷。

十六

男孩看見水果攤

偏遠鄉下一條小街道上一家小水果店，一個年輕婦女手牽著一個四、五歲的小男孩從那水果店前面經過。那小男孩伸手指向擺最外面的一籃小小乾乾黃綠的芭樂，抬頭哀求他母親買芭樂給他吃，他母親頭也不回，反而加快腳步向前走去，一邊說著：「買一買、吃一吃、拉一拉化爲大便，什麼都沒了，多麼浪費。」那男孩被他媽媽拖著，身不由己向前走去，可是他的眼睛仍然不捨那一小籃芭樂。他沒有望向別的比較好的水果一眼，他眼睛看的、手指所指的正是那店裡最便宜的一籃。那遙不可及的便宜芭樂，那男孩童稚卻又滄桑的失望表情，我無法加以形容，只看到他倒退著被拖著走，他的右手仍然指向那芭樂，但他指出去的右手食指，已經不自覺地向下彎曲回來。

可憐的男孩和他的母親，這麼好的胃口多麼令人苦惱啊！這是□十年前的一則往事回憶。

據說上世紀初義大利男高音，歌王卡羅素小時候家貧弟妹多，外出歌唱賺錢貼補家用，長大成名之後，暴飲暴食以補償早年食物匱乏的遺憾和痛苦，結果導致全身肥胖。他除了經常放聲高歌之外，也經常放聲痛哭，使他悲痛不已的是他的母親來不及活到足以分享他盛名之後賺來的大筆錢財。據說他常呼喊「我賺這麼多錢又有什麼用？太晚了、來不及了，我可憐的媽媽！」

我認識一個五十多歲去世的男人，他生前一次閒談中無意中說到他因兄弟姊妹人數眾多，小時候缺乏營養，長大以後身體健康很差。他說這事語氣全無抱怨，只是一語帶過他的一種認知。

我曾無意中在報紙副刊看到一篇由成年女子投稿的文章，裡面略爲提到她的抱負，她說有一天如果賺大錢她要吃盡夜市每一攤位的美食。

我曾經看見一男孩吃午飯時告訴他媽媽說：「媽媽，沒菜！」媽媽回答他說：「想要活命的話你就將就吞一些吧！」

以下這是超過□十年前的事情，那單親小女孩問她母親說：「中午已經過去很久了，媽怎麼還沒煮飯？」她媽媽回答她說：「沒有米怎麼煮？」於是這小女孩就從家裡帶了一個碗出去，不久，她帶了一碗米回來，那天中午母女倆又有飯吃，這小女孩是我母親。幾十年後她告訴我這件事以及許多其他的事，那碗米是她到鄰居家中的米缸裡面取出來的。當時她還很小，我外公三十七歲死於精神病院，我外婆和一群子女曾經無家可歸，一度暫借住在精神病院的房舍裡面，我媽媽告訴我的事情還有很多。

小時候附近礦工家的小孩常來叫我和他們玩扮家家酒，經常要我從家裡拿一些米出來，我常看他們很快地升了一堆火用空罐煮飯，一煮熟，就迫不及待一邊吹氣一邊狼吞虎嚥。我當時很小，以爲他們是扮家家酒很認眞，如今每每回想到他們的飢餓和他們的發育，無不讓我熱淚盈眶。那些成年的礦工，冷天穿破爛單薄的衣服，餐桌上鹹鹹的醃漬剩菜，爲了省米，儘量吃稀飯，他們一個個因消瘦而兩排門牙連牙齦都暴露在外，因缺營養而萎縮的嘴唇包不住整排劣質的假牙。他們行動遲緩，目光呆滯，性情極度溫馴有如草食動物，他們不會費神去注意好吃的食物，因爲他們對食物早已死心絕望，不再去想它，逆來順受成爲他們天生的習慣。

煤礦的礦主不喝茶只喝人蔘，他們經常進補的清單如下：人蔘、燕窩、猴膠、犀角、果子狸、溪鰻、穿山甲、野生甲魚……五花八門，住紅磚小洋樓，廁所有磁磚（那時礦工家裡的廁所非常可怕，上過幾次以後，成爲我後來數十年惡夢的材料）。他們穿羊皮羊毛、西裝大衣、普魯士長筒馬靴，這礦主是我祖父、伯父和父親。伯父同時還是一個萬年國大代表，我母親曾說我家為富欠缺愛心會遭受報應。

我們家確實遭受不少報應，說起來眞是一言難盡。□、□十年來我母親一直勸我要有愛心，直到現在還是如此，我覺得我辜負她很多，我常為這些事懊悔。我媽曾說過那些礦工眞是令人難以理解，吃那麼少做那麼粗重的工作，而且還能持續那麼久！我永遠記得那一幕：一個礦工為糊口養家進入礦坑，被落磐壓成重傷抬到礦坑外面，因失血口渴要求喝水，不久就死去。我看到他慘白的腳底，聽抬擔架的人說他的肋骨斷了破胸而出，這礦工努力求生，但他徹底被打敗了，絕望地離開世間。

記得礦工家人生病常常吃野外摘取的藥草，因為沒錢看醫生，有一次我家附近一礦工婦女生產時難產死亡，因在家生產沒有醫生助產，難產一發生，家人跑到門外敲打鐵鍋趕鬼，結果是那婦女被慢慢折騰，極度痛苦驚恐，在絕望中死去。這一家人我常常看到他們從我家門口路過。

我媽媽曾告訴我說貧窮的礦工容易生病，治療他們最好的藥方是讓他們吃一點肉。至少喝一點肉湯。有關礦工的種種還有很多，無法一一道盡。

十七

驚悚的出殯場面

非常久遠前之前的一個下雨天，我乘坐宜蘭線的火車，行經猴洞到八堵之間，我一路從車窗向外望去，景色原本單調，下雨天更顯得寂寥灰暗。突然之間，一個驚悚的出殯場面從路邊不遠處快速掠過我的視野。一個道士一手執號角，形狀如牛角，一手執長劍斜向上空遙指，同時舉牛角向天吹他的號角，他的前面陳列著至少兩排的棺材，一大群披麻帶孝的家屬跪在一旁，棺木和家屬的總數無法看清，因爲周遭房舍擋住視線，無法看到全景。

火車快速離去，出殯場面很快被另一排房屋完全擋住。窗外回復單調的景色，天空飄著雨，那雨中的淒厲景象，眞是說不出的凶兆惡夢，常在我少年時的夢境中一再變幻出現，令我終生難忘。

| 十八 |

煤礦災變

這也是非常非常久遠以前的事，我聽大人說當天的新聞是：煤礦大災變（地點就在北部礦區，上面說到出殯場面附近）。五十三個人進礦坑，五個人活著出來。那一次的災變是礦坑內瓦斯爆炸所引起，也就是礦坑的一氧化碳、甲烷等可燃氣體遇火花點燃爆炸，臺語稱之爲「燒礦」，死難的礦工都成焦黑壓扁的死屍，最輕的兩耳燒熔成一團。引燃爆炸的火星可能來自於抽菸，或鶴嘴鋤鋤到硬岩石產生的火花，主要的原因是礦坑內常有可燃氣體存在，疏於覺察所引起。（記得我父親進入礦坑時身上會帶著儀器，其中一儀器的原理很簡單，就是點燃一盞燈，看到那燈火熄滅就是一氧化碳、甲烷出現，氧氣欠缺的警訊。）

大量的有毒氣體如一氧化碳，雖然沒有被引燃爆炸，但是吸入過量而致死，則稱之爲「冷礦」。一氧化碳毒性很強，一吸入人體立刻導致昏迷與死亡，由於它比重小，常浮在上層，有時人一站立起來吸入了一氧化碳，會昏迷倒地，倒地之後接觸到比重較大的空氣，又吸到氧氣恢復知覺，就要趕快設法逃生。

另外一種常發生的災變爲落磐，就是被礦坑裡面塌下來的石塊泥土壓成死傷或活埋，或堵死出口，封死在裡面。煤礦裡面的坑道大都不是堅硬的岩洞，整條坑道往往是由一條條的木頭結成ㄇ字形，一路撐住上方的土石，危險性很高，由礦工鑽進岩層中去採煤（用鋤具，後來使用電動工具）。往往一下塌陷活埋死傷隨時發生。礦工原本自小到大營養不足，整天飢寒交迫，大都身材瘦小，骨瘦如柴、形銷骨立，共同面貌特徵是滿嘴牙齒暴露在外面。災變抬出了一位受傷的礦工，看到他露出蒼白、無絲毫血色的腳底板，在場的人說他是肋骨斷裂破胸而出。可能因爲失血而口渴，要求喝水。我有一位童年玩伴是一個活潑可愛、眉清目秀的健壯男孩（眞是個例外），有一天當他跟我抱在一起摔角的時候，忽然被匆匆帶走，不久我才知道他爸爸已經被石塊壓死在礦坑裡面了。

有一個壯年男子帶著他十四歲的兒子進入礦坑工作賺錢，因爲落磐堵死他工作地方的出路，礦主宣告無法挽救，大家眼睜睜看著他們在裡面，飢餓、恐怖、絕望等死，報紙登了幾天，最後不了了之。那絕望的一對父子走完他們悲慘的一生，最後共赴黃泉之前，在封死漆黑的地底坑道中，如何面對臨終時的大親情、大恐怖、大絕望、大痛苦？

多年之後，英國人甘德來到臺灣調查臺灣礦業災變實況，雖然受到國民黨政府的百般阻擾，他仍然堅持發表他的報告：當時代臺灣礦工平均每年每千人死亡二·七人。我雖然年少，但我知道死傷不止如此。

另外，在我記憶所及的時間點和那次落磐災變前後相當（落磐災變簡直家常便飯），德國發生類似災變，礦主散盡家財、投下巨資請來先進機械與專家另從山頂垂直開挖、日以繼夜爭取時間，終於順利驚險將三人救出，當時舉世報紙新聞不斷關切報導，令人印象深刻，迄今難以忘懷。（《20世紀全紀錄》（全書一三四四頁）第八三三頁記載一九六三年西德鐵礦災變應該就是這件事情。）

十九

爲了五百元而自殺

這是大約□十年前的往事，一個國中一年級的男生自殺身亡，當時的《中央日報》登載說：「□□國中一年級學生□□□因不堪課業壓力負擔，自殺身亡……。」事實完全不是如此。

這是發生在我服務的學校，時間大約在□□□年代附近。事實眞相是一個貧困學生因爲繳不出體育服裝費而自殺身亡。

回憶當時事情經過大致是這樣子的，他是一年級入學新生，家境窮困，他的班導師個子高高的，對待教職同仁非常和氣，經常滿臉笑容，可是學生似乎很怕他，因爲他對學生很嚴厲，我曾遠看他兩手左右開弓打一個弱小的學生，左右開弓之後兩手左右同時夾擊打在學生臉頰兩邊，學生滿臉驚恐痛苦，這老師還繼續一邊與旁人談笑自若，這男孩的死許多人負有責任，我把這笑面閻羅似的班導算上一份。

記得當時各班訂做體育服裝，每人要繳服裝費五百元，這學生家貧沒錢繳交，他母親叫他去向他伯父借五百元預備繳給導師。平常很少零用錢的這學生，五百元在口袋裡面實在受不了誘惑，平常羨慕別人打電動，這一次巨款在身上再也忍不住，因此坐車到□□鎮，痛痛快快大打電動，結果很快地就把五百元花掉了。導師催繳服裝費，他繳不出錢，五百元對許多人來說或許不是什麼大數目，但對這貧困的男孩來說，實在是太多了，他或許自認爲走投無路，結果他跑回家，趁白天家中無人，他把屋子的門窗全部關上，從裡面閂上，讓任何人都進不去，自己在屋內木板通鋪床上用茶几墊高，然後用童軍繩上吊自殺身亡，他的死意非常堅決。（我當時是失勢下野冰凍一旁的所謂的主任，特此說明。）

事情發生之後，那學生家外面聚集了一撮人議論紛紛，校方儘量隱藏或淡化眞相，防止學校醜聞擴散，校長帶了兩位主任到現場去慰問家屬，我是兩人之中的一個。

我到現場之後發現這可憐的男孩留下一封遺書——一張紙上面寫了一些字，這遺書共有短短的九條，我只掃了一眼看到前面三條，來不及看其他各條，一張小紙頭的遺書就被傳到別人手上，大概很快就被家屬收起來。回想那遺書的前三條內容大致如下：1.希望哥哥不要再打妹妹。2.希望妹妹不要再貪吃，希望妹妹長大成爲歌星賺很多錢。3.欠伯父五百元請媽媽有錢時幫我還。

這男孩的家屬默默地接受了這殘酷的事實，學校方面很快淡化此事。這小孩的死，沒有被注意、被了解、被檢討，教職同仁很少從這件悲傷的事情上反省，那導師依然談笑自若，依然左右開弓。

這可憐的小孩，當他為了區區五百元而面臨生死的絕境時，為什麼不向任何人求救？他所認識的人除了家人之外，國小、國中老師這麼多，他為什麼不向任何其中一人求救？這社會、這學校是如何地把他訓練成如此「客氣」？

為什麼他臨死不求救？

「貪吃」是貶義與負面的形容詞，從整個脈絡來看，男孩遺書裡面的「貪吃」與「飢餓」應屬同義，他遺書九條裡面的三條使我非常感傷，另外的六條不知寫些什麼？不知有沒有得到應有的尊重？

二十

一個女生在校門口附近被強暴

這件事情發在幾十多年前，記得是□年的秋冬之際，一個細雨霏霏的黃昏，本校一年級一位女學生□□□放學之後較晚單獨離開校門，獨自走路回家，在校門右轉約三百多公尺遠的路上被一青年男子攔住，挾持到路旁下河岸邊的草叢中強暴得逞。那男子做案時全身裝備齊全，因爲雨天地上溼所以他先鋪上塑膠布防潮，並隨身攜帶繩索把這女學生綑綁得像粽子一樣，再用膠布貼住她嘴巴。他一邊作業一邊用言詞羞辱這女學生，還做出「非常噁心的事情」，同時向這女學生自誇他做過的無數案件，成果輝煌。

事情發生之後，女方家長堅拒旁人詢問該女學生與強暴案的有關事情，家長與學校乃至於警方全都採取消極淡化事情的態度，似乎沒有起過心動過念，或存任何希望想要抓到這歹徒，經筆者提出重要的理由，並再三請求，才獲得同意與該女學生單獨談話，因而得以從那女學生的口中得知上述的事情發生大略過程。原先我已看過事情發生的現場，加上聽過該女學生的陳述之後，我當場明確指出做案的人必定是多年前，在我擔任訓導主任期間，被迫從本校轉學出去的□□□所爲，我所持的理由是，□□□在他國二被迫轉學之前，曾犯了幾件猥褻本校女學生的案件，其中一件發生的地點和這一次發生事情的地點非常接近，再加上那女學生對該強暴犯外貌言詞的描述等等，更加使我深信不疑，這強暴犯就是□□□。

由於我堅信作案的歹徒是□□□，因此一再向學校同仁、校長與警方反映，希望他們緊抓這條線索盡速去追緝惡徒，結果所得到的是普遍冷漠的反應。學校、鄉內發生如此重大的事情，大家照常吃飯睡覺，晚上看義和團式武俠與帝王宮廷連續劇，閒來照常議論他人的長短，大家照常標會生男孩，看沉冤難雪的連續劇……。大家根本不存著破案的希望或打算。記得一位外貌愚蠢的教師同仁還以一種頗具深意的眼光看我一眼，然後故意一語不發掉頭走開，似乎暗示他的世故、懂事以對照我的愚蠢，倒是校長很善意地勸告我，請我不要多說話，以免被控誹謗，甚至惡徒找上門來，當時我表示感謝他的善意，但也重申我對此案不移的信心，我並且告訴校長那惡徒不敢前來找我，我有我的理由，此處茲不贅述。被害女學生的家屬更是把這件事情視爲禁忌，儘量隱瞞，不讓人談這些事。我盯緊警方，強力催促，最後警方終於給我正式答覆：「女孩已指認過□□□，證明不是他！」警方如此確定而正式的答覆推翻了我自信的判斷。然而基於對□□□行爲與心理特徵的理解，我預感這一次沒抓到這惡徒，他除了四處做案之外，勢必還會回到原地再犯，我並且把我這想法與警告，書面印發給在校每一同仁。

我的預感與警告果然成眞，很快地，一年過去了，□□□被強暴過後的一年左右，大約同樣的時間與同樣的那條路上，相同的地點一位□姓女同學被一青年男子侵犯，由於□姓女生身體特別壯碩、腳步也快，一邊掙扎、脫逃，並且一路高聲喊叫，逼使那男子放棄，得以脫身。

事情發生，當然又是鄉裡一件大事，報到警方，照樣沒什麼頭緒，後來想起去年我曾強烈指稱□□□這個人，於是幾個員警開了一輛車到□家去看看，反正也沒有方法可想。到了□家一看，他果然在家，本鄉原本就已偏僻，□的住家可是位處偏僻鄉下裡的更加偏遠的山區裡面，平時根本不住在這裡，案子發生時碰巧在家，動了警方疑心，經過一些技巧的問案過程，他終於認了罪，承認一年前□姓女生的強暴案也是他幹的。

罪犯抓到，強暴案「偵破」，可是令我不服的是一年前我在警局說破了嘴巴，得到的答覆是：「人家女生都指認過不是他了！」我要員警給我一個滿意的解釋。警方的解釋是：「當時顧及人權我們無法隨便抓人，□□□又找不到人，只好向他家人商量借用身分證，影印了一張照片給潘姓女生指認，大概是照片與本人不太像所以指認不是他。」

□□□做案時正在外島服役，利用假期回來做案，當兵時期頭髮理得短短的，身體相貌也顯得特別壯碩，身分證照片往往是十來歲時所拍攝，當然差距很大。

我曾和服務鄉下的一些年輕員警閒談，聽那些帶著稚氣面孔的年輕員警談一些幼稚的法治與道德以及爲人處事的「大道理」，眞是感到一陣無力感，簡直啼笑皆非。

嫌犯認罪，女方索賠，嫌犯及其家屬下跪求饒，遮羞費難免，只是數字不明。重點在於賠償，其餘儘量大事化小，小事化無。後來我聽說：「強暴罪雖屬告訴乃論，但□□□當時是現役軍人，恐怕難逃被判刑的命運！」我又聽說他因累犯因此被判處了十二年徒刑，但所有後面所說的這些事情都是聽傳聞所說。□姓女學生被強暴案因我而抓到罪犯，也得到賠償，可是事情結束以後沒有任何人找我說聲謝謝，更沒有任何人告訴我之後的處理情形。

多年之後，有一次鄉裡人家喜宴場合，□姓女學生的父親突然走到我這一桌向我敬酒，他說：「□主任，我敬你，你是一個非常有魄力的人。」這次敬酒距那強暴案的發生已事隔多年，這是他唯一一次間接地表示謝意。

｜二十一｜

教務主任打職員

這也是將近□十年前的歷史往事了，現在的狀況不是如此，先此說明。

當時學校學生人數大約一千多人，教職員工至少六、七十人，我是當時的訓導主任。那天還不到中午時間，我走上中央樓梯，在校長室門口，公布欄前面迴轉一百八十度正要步上另一段階梯時，一個由退伍軍人轉任本校的李姓職員腳步慢，正好被我趕上，走在我的前面。忽然，我的後面傳來急促的腳步聲，教務主任快步趕上來，從我身邊穿過，一時之間三個擠在階梯旁一面鏡子前面，出乎我意料的是教務主任伸出他孔武有力的右手，一把抓住□姓職員的夾克，把他的身體活生生地轉了過來，接著伸出左手在□姓職員的臉上輕輕打了一個巴掌，那□姓職員驚呼：「你打我！」教務主任冷冷地回答他說：「我就是要打你！羞辱你又怎麼樣？」講完放開手，就逕自離開，

□姓職員則快步走完樓梯上了二樓，轉身進入辦公室裡面大叫「□□□打人！□□□打我……。」那是一間大辦公室，由兩間學生教室打通合併而成，訓導處和班導師占一邊，教務處和專任教師占另一邊，兩主任的辦公桌遙遙相望。當時不是下課時間，辦公室裡面教職人員只有寥寥幾個，聽到□姓職員的叫罵聲，大家必定感到這條新聞滿新鮮，滿大條，可是一時之間大家似乎沒有什麼熱烈的反應，繼續各忙各的，各掃門前雪，少管閒事為原則。下課時間一到，這事慢慢傳開，十分鐘一過，上課鐘一響，許多老師各自紛紛前往鴿子籠般的教室去「講」課，在辦公室裡的則忙於改作業、整理資料等等，想想養雞場那些一格格雞籠子裡面的雞隻，一齊伸出頭來上上下下啄食槽裡的飼料，景象大致相像。

接下來的發展是，□姓職員跑到附近一家私立醫院吵著要一張診斷書，那醫院最後給了他一張，診斷內容只有幾個字：「病患自訴右腮發麻。」□姓職員到處投訴，教務主任一口否認打人，反而指責他平常不做事、閒著還隨意造謠誹謗，妨礙校務。校長則態度曖昧，說：「我總要有所憑據，光聽一面之詞要我如何處理？」

我們這個學校的組成，學生幾乎清一色是臺灣土生土長鄉下子弟，只有不到一、二十個外省的後代（母親大都本省人），教師則以印尼、馬來西亞等地僑生（不必參加聯考，全部師大畢業）占三分之一，退伍軍人轉任教師與職員約占三分之一，另三分之一為年輕本省人及少數年輕外省第二代。由於學校地處偏遠，教職員大多數住學校單身宿舍，幾乎整天相處在一起，僑生喜歡結黨，退伍軍人喜歡鬥爭，僑生比較陰性，退伍軍人比較陽性，兩者共同之處是政治狂熱，而且都自認為外省人不是臺灣人，並以身為外省人為樂。他們無時無刻不談大陸事，從反共抗俄、復興基地、到三民主義統一中國、到反共反臺獨、到媚共反臺獨、到「為匪宣傳」……把他們的情操美化提升到為「民族大義」、「中國一定強」、「四海都有中國人」、「地大物博」、「五千年文化」，進一步化約成「大漢沙文主義」。上課時間從教室旁邊走廊經過，聽裡面的老師對學生實施「機會教育」，「曉以大義」地說「大家要知道，臺灣是算不了什麼的，我們的希望在大陸……」等等類似言論不足為奇。一個退休的外省第二代教師告訴我說：「我領國家的薪水，教書數十年，我最大的成就就是我已竭盡所能宣揚我的理念……」他的理念是臺灣是中國一的部分……。

臺灣本地年輕一代的教師則以務實態度、凡事以利害關係為考量，眼睛睜大，哪邊對他有利就往哪邊靠，一心一意想如何調個好的學校，如何存錢分期付款買房屋，少管閒事，明哲保身，人家發表高論，不妨加以迎合以便取悅於人。

前面談到住單身宿舍的教職員幾乎整天都在校內，白天「講」課、改作業，大家共同的興趣與話題是多兼幾個鐘點多「掙」一些錢，還有標會生男孩等等，晚上電視連續劇數十年如一日：「皇上英明，奴才該死！」、「起喀」、「喳」、「冤枉啊！大人」、「武林至尊」、「天下第一」義和團式打鬥劇情僵化、幼稚荒唐與勾心鬥角、陰狠毒辣數十年不變。同事們各自結黨，這一小撮煮紅豆湯，另一小撮煮麵線，大家相互誹謗、結黨鬥爭、爲搶鐘點、爲爭行政兼職而鬥爭。

這□姓職員和另外幾位退職軍人的職員一樣，除了興風作浪，態度粗暴之外，一心只想混時間，因爲那是國家欠他們的，以前他們爲國家拼刺刀……。

我訓導處連我在內有七人，原先他在訓導處當幹事，有時上班時間公然跑去下棋，我口頭禁止他，並用簽到簿約束他，之後他消極抵抗我，在他坐位上閒坐，我交事情給他，他老是故意慢吞吞地拖時間。最後一次，我問他：「這件交辦事情，什麼時候可以辦好由你自己說好了。」他居然回答我說：「這很難說，我實在沒有把握何時可以辦好，我什麼也不保證。」

很快地，教務主任過來與我商量，要我同意將□姓幹事調往教務處。我予以同意，並馬上進行作業。

我知道教務主任是一個頑固偏執、高壓專制的人，但我想不到他早就已在計畫打人這件事，□姓職員到教務處之後態度比在訓導處更糟，於是不久之後，發生了他被修理的事件，這教務主任是一個說臺灣國語的年輕人，身體強壯，師大體育系出來的。

□姓職員被「安插」在學校工作，本意似乎混時間「養老」（他其實不老），在學校也不是什麼德高望重或具有分量的人物，他的價值在於他的外省血統，以及他的黨國身分，還有他的「忠黨愛國」，平時除了鼓吹民族主義，先是「仇匪恨匪」，最後是「為匪宣傳」，除此之外，批評學校與工作是他的主要工作。他被修理，除了部分人認為校園裡有這種場面太荒唐之外，原本引不起太大的興趣，可是逐漸地一股氣氛開始形成，僑生與退伍軍人逐漸形成一種共識，可以稱之為同仇敵愾，這外省的退伍軍人居然被臺灣的年輕人修理，簡直天地倒過來轉，於是一股打擊教務主任的力量逐漸集結起來，不斷運作，不達目的絕不終止；反過來說，本省年輕的教職員工們對這事採取事不關己的態度，繼續各忙各的，尤其更有一部分的年輕臺灣人的教職員仇視教務主任的高壓，或嫉妒他的職位，更是一同加入打擊的行列。

校長一再被包圍、被勸說，必須主持公道，校長是一個老廣，於是一群老廣以及老廣籍僑生、軍人圍在校長身邊企圖動之以情，說之以法理。

由於我是事發唯一目擊證人，訓導處重要幹部都是外省人——訓育組長是印尼僑生講廣東話，與我同齡，國語不流暢；管理組長是退伍軍人，山東籍大我四歲。我們長年相處，早已打成一片，我與訓育組長可以說感情不錯，我是臺灣人，因此在國家認同與「為匪宣傳」的這方面事情南轅北轍，僅此一樣，但彼此平時互相容忍諒解（我與管理組長最後的衝突以及如今繼續維持的友誼，另外交代）。□姓職員這件事情，我成為關鍵，他們推派與我交情最好的訓育組長深夜與我懇談，希望我挺身作證，無論是對校長作證，或對司法機關作證，總之，□姓職員受辱，大大傷害了他們集體的感情，訓育組長要我看在與他的多年交情，幫他，也就是幫他們一干人，給一個公道，他們將永遠記得回報我。我感受到他的誠意，但加以婉拒，我列舉不作證的理由給他，並求取他個人的諒解，他非常失望卻也無話可說。總算這件事情沒有影響到我和他公與私方面的關係。

校長的態度與我差不多，表面上採取中立，我想他心裡明白□姓職員被打耳光這件事情的眞相，因為儘管我和他一天到晚閒聊，卻彼此從來不提這件事，他不問我，表示他沒有好奇心，換句話說他心裡明白。

□姓職員接著尋求各方支援，包括地方民眾服務處的主任幹事等等都來關切，這教務主任是一個眼明手快、思慮敏捷、處事專斷快速、高壓欠圓融的人。原本已樹敵一堆，此時加上「外省」幫加入圍剿，於是他一夕之間由不識字不衛生，變成思想有問題，貪汙舞弊……列舉不完，簡直惡貫滿盈。

國三畢業同學錄一向由訓導處負責主導辦理，偏偏有一次由教務處辦理，這主任，鑒於一本同學錄彩色照相製版一共沒多少頁（大部分黑白照），可是國父遺照、先總統蔣公、前總統蔣經國、嚴前總統等等一共占了好幾頁彩色印刷的銅版紙，他認爲太浪費，爲了替學生省錢，爲了精簡篇幅，他下令把那幾頁彩色版一張一人頭的大頭照省掉，當時我也表示同意。可是後來這件事被黨裡面記了一大筆，許多人以這件事討伐他，說他思想有問題，應予深究。一件又一件列舉起來很瑣碎，姑且略去。最後終於找到了一條罪名——他曾收了升學班的課業輔導費（當然由導師代收），公然收費並公然交出納入庫。由於公開作業，證據確鑿，違反不准收費課外輔導的規定，他終於被記了一個大過。於是他黯然離開了這個學校，從此斷了考校長的念頭。

國中升學班在校惡補幾乎無一例外，當然都有收費，只要不公然去做都沒聽說有事，這教務主任自以爲樹敵太多，一切攤在陽光下作業，結果被記了一個大過。我的看法是，假如這教務主任必須爲這輔導費收費接受一個大過懲罰，則普天之下的學校教務主任被記過的，手牽手長度可以繞臺灣一周。如果進一步加以想像，則那些眞正搞錢、浪費公帑的校長和公務人員等該記一千個、一萬個大過，再關個一、兩百年的人手牽手的隊伍可以繞赤道一周有餘，這些事大家心知肚明，點到爲止。

這教務主任不學無術、層次低，不適合考校長，甚至不適合教書，適合轉行當保全人員或加入海軍陸戰隊，這都說得通，他不適合當教務主任也是一個事實，假如他不去修理一個「忠黨愛國」族的老芋頭，他這個番薯一定繼續做他的教務主任。

最後有一些事情必須特別加以說明，我非常了解這教務主任，他去掉同學錄裡面幾頁彩色銅版頁數，純粹只是爲了替學生省錢，與意識形態無關。他打□姓職員爲的是他個人處理行政業務荒腔走板的拙劣餿主意，與他的蠻橫性格有關，絕不是因爲族群、政治思想、意識形態的關係，他的品味還沒達到這層次。簡而言之，他沒有意識形態，他數十年交往的朋友中老芋頭爲數不少，大家牌桌上打交道，牌友、酒友、菸友裡面，外省朋友多的是。有奶水便是娘，這是他的最高理念。反而這麼多年以來我已聽夠了他批評民進黨、李前總統、陳總統……（批民進黨是從在野時期批到執政）……那種偏激與仇恨的程度，其實與那□姓職員至少不相上下。這是兩個冤家志趣與理想共同之處，形式上而言，事實上他們兩個都是國民黨員，同爲泛藍支持者兼泛綠毀謗者。

那□姓職員後來由退輔會安排到別的學校繼續爲教育而「服務」。

那教務主任被記大過之後，後來轉到別的學校繼續當教師，從此斷了考校長的念頭，不變的是事隔幾十年，在他退休多年之後，當他與我這泛綠的選民談到政治，照樣彼此相互對立，罵聲不斷，他那措詞激烈仇恨的程度，相信與被他修理過的□先生在不知名的遠處相互共鳴，眞是有趣。

一二十二一

教務主任的教育理念

教務主任和教學組長一起坐在那裡閒聊，一個國三男生正要經過，被教務主任叫住並問他說：「你昨晚幾點睡？」那學生回答說：「十點半。」教務主任又問：「你到底想考板中還是附中？」那學生回答說：「當然附中比較好！」教務主任於是面容一整，教導那學生說：「既然想考附中，那今天起改爲十一點半上床，想考板中的話才十點半上床。」

這教務主任以及和他同道的校長與不少老師，顯然認爲教務工作乃至於教育工作，主要在於訓練學生應付考試，而訓練學生應付考試的不二法門就是多讀多寫多考。讀四個小時的功力必定贏過讀三個半小時的。求學（被稱之爲讀書）與武俠小說裡面少林和尚苦練義和團功夫或馬戲團雜耍訓練的方法是一樣的。「知識在於讀書，讀書的唯一要訣在多讀苦讀，讀得越久贏得越多。」可以用正比加以量化，這似是而非的「道理」就是教務主任這一干人的基本「理念」。

二十三

擴音器對罵

這件事發生在民國六十幾年附近，在一次開學的校務會議中，教務主任報告說：「各位老師請注意，本學期各位老師任課的課表已經發下去了，明天開學正式上課，請各位老師按照這張課表去上課。」他剛講完，訓導主任立刻站起來，自己提著一個手提擴音器大聲喊話說：「各位老師請注意！那張課表是無效的，訓導處明天一早另發新課表，請按照明早發的新課表上課。」說完，接著火爆的聲音四起，大家各執擴音器對罵，教務主任使用原先架設在面前的麥克風，訓導主任使用自己手提的，兩陣營的人馬各自對罵，校長靜坐旁觀，面無表情，最後大家不歡而散。

當天晚上訓導主任這一路人馬（大都由退伍軍人組成），一群老粗臭皮匠挑燈排課錯誤嘗試，總算七拼八湊給排了出來，第二天果然發給老師，照新表實施。

這一次的鬥爭訓導主任派人多勢眾，獲得壓倒性的勝利。當然課表發生很多錯誤，一個時間排兩個老師上課，另一節課則無人去上課等等，不過這都是小事，調整一下就好了。

| 二十四 |

往日的選舉

有關以往選舉公然賄選買票以及投開票所裡面公然舞弊的事情，傳聞很多，上了年紀的人大都耳熟能詳。最常聽到的一種傳言是：投開票所開票過程突然斷電，燈火全熄，大批蓋好的選票趁機灌了進去，等於明目張膽，公然做手腳。對我來說，這只限於傳聞。

後來我服務於學校，每次選舉都被安排在投開票所擔任主任監察員。我自己所處的投開票所應無舞弊之情。我始終沒被要求過作票，這是我的榮幸，但是我知道有固定幾個同事確實參與舞弊，方法是應黨裡上級「提高投票率」的口頭指示，他們「彈鋼琴」作票。所謂黨的上級無非是鄉長或某鄉內的黨要，民眾服務分社主任等人，所謂的彈鋼琴，就是冒領沒有來投票人的選票，用十個手指頭輪流蓋指紋冒名頂替別人印章，一個投開票所裡面主任管理員再加上一兩個「同志」就「搞」了起來。當時國民黨勢力大，一般人又不喜歡管閒事，有些人甚至以「替人掩飾罪過是厚道，識大體的行爲」此一中國官場文化作爲藉口，睜一眼閉一眼。我太太有一次參加完投開票所工作回來，滿臉疑惑地問我，她那投開票所裡面小姐計票爲什麼正好多出一百張票，我立即回答她說，你們投開票所有人瞞著你們作票，妳自己不知道。投開票所內部作票的情形確實流行了很長一段時間，令人感到無力的是，這些與國民黨走得比較近的本省與外省同事，當他們私下告訴我，他們在投開票所裡面大做手腳的勾當時，似乎還頗爲理直氣壯，一副功在黨國的架勢，一點不覺得心裡有愧。

選舉一到，鄉裡到處餐會，好像到處有酒席吃。有一次我參加訓導主任集會，時間正好被安排在選舉前，那是本縣各校訓導主任集會，一個簡短的談話之後，一人發一個便當，接著我們被帶到一家尚稱氣派的餐廳，帶頭的救國團人員叫我們把便當收起來，準備吃大餐。這大餐是「隨碗出」。剛吃不久就冒出一個增額立法委員候選人出來談他的抱負，希望大家支持他，爲他宣傳，爲他拉票。選舉期間校長通常利用正式或非正式集會，要求教師同仁利用上課或集會時間爲國民黨候選人拉票，因此升旗集會場合聽到師長們在「司令台」上幫人拉票，大家也都習以爲常。

這裡我要回憶一下民國五十幾（確切時間不記得）年時北縣某大鎭鎭長選舉，我親眼所見的幾幕實景以供參考。那時我和我外婆住一起，住家位在一條街上，住街上有一個缺點，就是偶爾有推銷員進來，不堪其擾。記得有一次，幾個穿中山裝的外省中年人上門來推銷《民□晚報》，我不想訂，他們幾個人發現，好話說盡無效，就改為用陰森森的話暗示我，不訂他的報，等於不支持黨，等於不愛國。那時我年輕，性情頗有幾分驃悍，聽到他們祭出愛國的大帽子壓我，我不怒反笑，興致大發，當場對他們展開演說，滔滔雄辯，不吝一一曉之以大義。我告訴他們：我什麼都可以輸，唯獨愛國反共絕不後人。我告訴他們，我外婆目不識丁，看不懂《民□晚報》，但如想聽她談仇匪恨匪的大道理，我保證她可以談到嘴角全部是泡沫，絕不含糊，也絕不推辭。我伯父是中央民代萬年國大代表，曾到南京去參加第一屆國民代表大會，他什麼都不會，沒什麼知識，或什麼都不懂，唯一專長是反共愛國言論，他整天什麼都不做，唯一的工作是「思想」反共愛國思想……一陣瞎纏歪打，我沒下逐客令，他們一個個自動離去，白白耗掉我不少寶貴的時間。

多年之後我在媒體上面看到「超宇宙無限愛國滅共大同盟」才眞叫我大開眼界，一陣共鳴，驚嘆反共愛國的功力，天外有天，人上有人。深感「反共必勝，建國必成」此一不移的眞理將永遠深植全國人民的心中。「臺灣一定強」、「四海都有臺灣人」。

繼續回到主題，鎮長選舉前的買票是光天化日之下在大街上浩浩蕩蕩公然進行，只差沒有樂隊前導。那時我和外婆住在街上，遠遠看到三個人沿街買票買了過來，左鄰右舍相互走告，「快到你們家了。」三個人眞的是挨家挨戶過來，後面還跟了幾個好奇的小孩湊起熱鬧來，走到我家門口上了台階直接就進門來，其中一個人將好幾張百元鈔票（當時沒有千元大鈔）展開像撲克牌，像扇子拿在左手並略爲舉高，他問：「請問一共有幾票？」我外婆告訴他：「兩票！」他立刻從一手的撲克牌中刷刷抽了幾張就交給她老人家。接著他說：「拜託請投□□□一票。」說完匆匆下台階，上街往下一戶人家，結果發現我們隔壁鄰家大門深鎖沒人在家，他於是交代請其他鄰居，等一下回來轉告他們到里長伯那邊去領取。這時另外有原先沒領到，後來回家才知道有「好康」的人匆匆趕來要求補發。那些買票大隊，就在當街街道上略一比對，當場發放買票錢。

整條街通通有獎，已經拿到的認爲理所當然，不拿白不拿，還沒拿到的則乖乖在家等候，反正少不了，簡直比過年發紅包還要熱鬧，大家喜氣洋洋。

當買票大隊一路前進時，有些人故意指天罵地大聲批評正在參選的現任鎭長，辦事不力，使得他家門口一片柏油路面塌陷沒人修理。據說，選前這種叫聲特別有效，簡直立竿見影，不久之後工程車、柏油就到了現場，馬上加以修補得平平整整。效率之高。實屬空前。

開票當晚，我從中山堂門口路過，看到中山堂裡面擠得人山人海，開票到尾聲，某一黨外人士票數遙遙領先，以爲他篤定當選。第二天一早才知道當選的是那競選連任買票的鎮長，據說他雖然輸了鎮上街上的選票，可是別處眷村和郊區到處整個票匭裡面滿滿都是他的票。有關買票、作票的「謠言」於是到處在流傳，傳說當時作票舞弊非常乾脆，就是一聲令下，大批選票進入票匭，保證有贏無輸。

接著我看到這黨外候選人，一個面貌清瘦的青年，選舉落敗之後，沿街謝票，整條街鞭炮聲震耳欲聾對他表示嘉勉，當然也有惋惜之意。

多年之後我回到那鎮上舊地重遊，看到他已當選國大代表，但這一次他已不是黨外人士了，這一次他代表國民黨參選，不知何時他已加入了國民黨。看來他覺悟了，他開竅了，他想通了，他上道了。來個釜底抽薪、「棄暗投明」，加入國民黨才是正途。他的外貌也隨之起了大轉變，他變得紅光滿面，肚子挺出來，一臉福相，再也不是從前那個面貌清瘦的青年了，舉止言談也國民黨化了，他蛻變了，他達到目的了。

二十五

收回扣的經驗

這是□十年前的事情，那天中午我走到學校一樓東側廁所附近階梯的下方與一李姓廠商相遇，他是本縣某國中總務主任退休，轉而與縣裡面很多學校做生意，販售各種物品給學校，應有盡有。校際人脈很廣。我們彼此認識，是點頭之交。他叫住我，彼此先打個招呼，他這大忙人居然也會出現在我們這偏遠學校，令我感到意外。他說：「眞不巧正好在這裡遇到你，我有東西要親手交給你。」這時正當中午，師生吃過午飯正在午休，日正當中光天化日四下無人，他從包包裡面拿出一小疊鈔票說道：「這是童軍帳篷一成的回扣，請點一點。」他同時遞給我一張小紙片，上面寫著：童軍乙批二十九萬九千七百四十，回扣一成算成二萬九千八百，扣掉電磁爐三千五百，相機八千六百，以及另一小用具五百，最後剩下二萬一千二百，簡而言之他當場交給我二萬一千二百元。

（電磁爐和相機等物是總務要使用，我曾交代由廠商贈送，結果他從回扣中再回扣回去也眞有趣。）

這時才明瞭原來這一次一大批採購中，童軍的部分是向他們買的，除了童軍三十萬，還有理化儀器三十萬，體育用品三十萬，圖書三十萬，總計好幾項兩百萬元上下。這種採購通常是校長的專利，向誰買一般都是校長決定，由於那三年半裡面我是當時的總務主任兼百分百的「地下校長」（我不以此爲榮，但我必須決定校內每一重要事情卻是事實，這件事下文必須另外加以說明以免衍生誤解。）這一筆兩百萬左右的採購，我依每三十萬不同單元分配給幾個老師去處理，要求他們把每一分錢用在刀口上，絕不可舞弊，事前我們還爲這採購大家一起開會協調作業方法，想不到還是發生回扣送到面前要我點收，我也明瞭賄款回扣通常往哪裡送。我之所以遇到回扣賄款是因爲大家知道我是實實在在的「地下校長」，校長把所有事，不分大小全交給我決定，商人眼睛很亮，一下就搞通學校內部的狀況。我將回扣款點收，拿在手上，逕向總務處走去，只聽到李老闆在後面說了聲：「有什麼需要，請隨時連絡，再見啦！」我知道這家公司生意興隆不是沒有原因的。

接下來我兩手捧著一小疊現鈔，沿著班級教室走廊走向總務處，進了總務處，我立刻將那兩萬多的現鈔交給出納小姐，我說：「這是童軍器材回扣款，請入庫，由學校開支運用。」那出納說等午休完了她就去辦，當時總務處有幾個人趁午休時間在那邊休息並閒聊，學校主計小姐也在那裡，她立刻問我怎麼回事，當她大概了解之後，她說：「這錢不能入庫，因爲那是圖利公庫的行爲。」我知道圖利公庫的毛病在於，之所以能夠圖利一定是承辦的業務執行不力有弊端，才可能有回扣的產生，這回扣羊毛出在羊身上，回扣的產生表示買來的東西品質數量有問題……總而言之回扣證明了業務過失。

這主計話還沒講完就被我打斷，我轉過頭告訴事務組長，交代她錢不要入庫了，留在總務處，就公務上實際需要將它開支掉。

我沒有去責備負責採購童軍器材的這位老師，我知道她操守沒問題，只是經驗不夠。那一次七個單位的採購只有童軍器材送回扣，其餘六件都能依照我們被言明約定在先的原則辦，一切正常。

上面我談到，我曾被迫做了將近三年半的地下校長，爲校長決定並處理了不少事情。這件事情使得我被一個相交幾十年的老友惡言批評：「想不到這種事你也做！幫人家擦屁股……。」他的指責雖嚴苛卻非常合乎一般常識經驗與邏輯，但用到我身上卻完全不是如此。

二十六

餞別（縮減版）

少年人具有眞正的感情與眞正的好奇心，這兩者是推動社會進步的原動力。許多偉人，由於他們堅強的韌性，在他們成長的歷程中，不因爲外力的欺凌與摧剝而失去了這顆少年純眞的心，而始終保有著它，也藉由它的推動而成就了超乎凡人的事業，這就是所謂的「大人者不失其赤子之心」。

林老師很像是保有這樣一顆赤子之心的凡人，當看到他縱步山林小徑，笑談人生諸多美好事物。攀爬溪流亂石之間，俯身低頭啜飲清涼流水時，立時令人想起馬克吐溫筆下活力暢旺的湯姆・沙耶和他內在強烈跳動著的一顆赤子之心。於是開口對他說道：「請不要移動，且讓我爲一瀕臨絕跡的稀有動物，拍攝一張珍奇留念的照片。」

林老師成大數學系畢業之後，從事營造業凡數十寒暑，如今極度嚮往教書生涯。有如一航行四海的船長，在他經歷種種驚濤駭浪之後，倦鳥歸航，終於靠港下錨。上岸找尋另一種寧靜的幸福。祝福他順利達到他那誠摯的願望。

二十七

給林飛帆的信（刪減版）

飛帆同學平安，

學運衝破沉悶，令人耳目一新。希望困境有解，島嶼漸漸天光。太陽花炫麗光彩降覆在你身上，賜給你永垂不朽。

島嶼漸漸天光！

鐵桿深綠 □□□謹書

二〇一四年四月十七日

| 二十八 |

捐款三十五萬

幾十年前的往事了。在臺大數學系教授黃武雄發表《教育政策白皮書》，推動教改活動的那一段時間，一年輕臺大研究所學生來本校代課賺取鐘點費。他的老師就是黃武雄教授，我和這年輕的代課老師林俊吉談得來，經常一起談論時事與政黨等問題。

有一天林忽然邀我和他一起到臺北參加他老師黃武雄所舉辦的一個座談會。我欣然和他一起前往參加。那座談會的長會議桌上坐滿十多人，林俊吉老師以學生身分陪坐在旁邊另設的椅子上，我則和一群陌生人同桌聽他們談論事情。同桌十來人裡面我只認得一個釋昭慧比丘尼，從電視新聞報導中認得的，此外，臺大心理系教授黃榮村因爲坐在我旁邊，兩人聊了起來，也因此相互認識起來。那一次的座談大部分時間在聽黃武雄教授講話，他輕聲細語，反而使人更加注意他的講話。他的談話，特別是他的《教育政策白皮書》無論是語文表達方式或敘述內涵，就教育領域的觀點角度做一比較而言，他比我長年所接觸的所謂教育人員的言談層次高明得多，不可同日而語。讀他的《教育政策白皮書》，使我領略到一種超然而清澈的思想，其陳述使用的語文風格也顯簡潔優美，與眾不同。

會議中我知道黃爲了推動教改，共同籌劃了一些事情。會議結束前我請問擔任主席的黃，請我來參加會議，有什麼事我可以提供幫忙？黃回答我說，請你自己看，能幫什麼就幫什麼。

這會議過後不久，我和我的一個友人楊世忠先生言談中稍微聊到這件事。楊告訴我說：「我們可以捐款幫他！」他說就由他捐十萬元好了，他請我轉告黃。黃在電話中告訴我：「捐十萬元不如捐三十萬！」聽到他這奇怪的建議，我立刻請教他如此說話的涵義。黃的解釋簡單明瞭，他說：「我們這活動有一個負責募款的小組，每個成員負責以三十萬元爲單位，因此建議捐款三十萬元滿一單位。」

我將黃的意思轉告楊，想不到楊不假思索，他回答我說：「那就捐三十萬幫他一下！」

很快地，我們約好在黃教改籌備的辦公處所，記得在新生南路一處一樓場地見面交捐款。我坐楊的轎車，兩人一起前往，楊身體不太好怕被感染，他戴了口罩，開他那一輛體型頗大的路寶轎車。

當天黃沒到現場等候，由他當時的夫人蘇治芬女士接待。我們彼此說不到三兩句話，楊彎腰正要簽支票，在場辦公桌旁邊幾個辦事的青年之中，有一個人站了起來，他指著桌上許多文具物品等對著楊說：「開銷很大，能不能多支援五萬元？」楊回答說：「沒問題！」於是他當下給了三十五萬元支票。

我相信楊沒有讀過黃的《教育政策白皮書》，他沒有見過黃一面，沒有跟黃說過一句話，他從小零用錢大把無匱乏，卻看不出很有錢的樣子，他捐三十五萬，從頭到尾說不到十句話。

可能是林的關係，黃武雄教授後來請了黃榮村教授幫我做了一件事（黃榮村教授後來當上了教育部長），看起來黃以此略微報答我對他一點棉薄的貢獻，他看起來像是一個沉默寡言而有自己的原則的人。

教改活動之後一段時間，林轉告黃罹患末期肝癌，食不下嚥，恐怕只剩三個月的壽命。不久之後，我和楊各自收到黃一封手寫影印信函，那是黃自稱寫給各好朋友的一封信，信裡面他說他得了一種顯然不輕的病，必須要離群索居一陣子，因此向友人們暫別。

黃三十二年次，楊三十五年次，黃一直活到今天，而楊在十三年前去世，林俊吉老師後來到美國留學，博士後研究一段時間，他和他的夫人一起回臺分別任教於師大和臺大。

天氣炎熱，我坐下來寫下這一段往事記憶，這是人間一件小事，但對我而言值得將它寫下記在心裡。一個草莽好友捐款給教改三十五萬元。它的動機只有我知，我的少年玩伴楊世忠先生，三極高工學歷，但他從來不是一個弱者，他的紳士性格與感情，一般人不易理解。

| 二十九 |

曾經目睹古蹟被損壞

昨天我們參觀林家花園，走到橫渡大水池的通道中間一處涼亭，裡面四個角落有四塊普通石頭，作爲小凳子供遊客坐下來休息之用，我當場告訴那幾位遊客說：在我童年的時候，我在這個涼亭裡面所看到的是四個很大的彩色的石頭，質料很像大理石，但是它們都有各種顏色的紋路，那是我一輩子唯一見過的一種。我接著又告訴他們說，林家花園在被破壞的過程中，這四個大型、具有流線造型的彩色條紋巨石，先少了一個，剩下三個，過了一段時間又少了一個，剩下兩個，又過一些時間涼亭上面四個美麗的石頭全部消失無蹤！昨天在場的那些解說員或許是管理員，其中一位聽到我抱怨，他回答我說他也聽說過這種事情。我在這裡講的事情只是冰山之一角，或許你們不認爲林家花園有什麼值得珍惜，或許你們認爲沒飯吃肚子餓還談什麼古蹟？

你以爲我在隨便說說嗎？伯爵曾經親眼目睹美麗的，頗具規模的非常珍貴的林家花園被破壞！

從少年時期看到林家一位清一品夫人的墳墓被盜墓，一直到今天我還不知道到底那位清一品夫人的墳墓裡面有多少的黃金珠寶，我問在場的解說員這件事情，那位女解說員回答我說一品夫人不可能葬在臺灣。這個解說員太年輕，她不知道伯爵少年時曾經到現場去參觀盜墓的現場，墳墓垂直挖下去大概有一個人多那麼深，然後橫向挖進去有一層鐵欄杆的鐵門，再進去是什麼伯爵看不到，之所以會抓到盜墓聽說是因爲盜墓的那些外國人體型非常高大，半夜被民眾看到感到非常震驚，所以來了一堆警察把他們銬起來，到底裡面有沒有很多黃金珠寶？我沒有答案，問昨天的那些解說員，他們的回答是一派天眞無知。甚至還有人回答說怎麼可能有人盜墓？伯爵回答一件事：我的祖母入殮的時候在樓下大客廳，當時我伯父叫人到外面大聲宣布我們棺木裡面什麼金銀珠寶都沒有，請在場的人進來查證一次才要蓋棺，當天沒有人進來看，倒是我們祖母還是被盜墓，盜墓者用很強烈的藥物使得祖母的身上有很多的肌肉竟然不會腐爛，很明顯看得出來墳墓被挖開，誰說盜墓不可能？

很久很久以前，有一年我到新北投訪友，順便往後山走上去拜訪孟祥森先生家。之後我那個朋友駕車帶我走陽明山後山，他故意特別安排在一個小小的佛教寺廟下車。那一天我看到的事情令人很難忘懷。那是一小間的空間，是和尚念經的地方，但是他們的設備和布置特別的簡單樸素，具有一種非常特別的非常罕見的淡雅的氣氛，裡面幾個日本人，顯然是遠從日本而來，來到臺灣來祭拜，來紀念當年把臺灣當作他的家鄉、埋骨臺灣的他們的先人。這幾個中年日本人遠從東洋而來，跨海而來祭拜、懷念、思念他們日本的先人。日本人在我印象中向來非常安靜，那一天我感覺他們心情非常沉重，淡淡的哀傷，但是他們外表還是保持非常的肅穆，保持他們端莊的儀表。他們低聲誦經，每隔幾個音敲一聲形狀像黃銅的碗（缽），發出一種清新清亮的聲音。這幾位日本人他們吟唱出來的經文和別處聽到的不一樣，有如從天而降的天人的聲音，這些聲音雖然微小，但是進入我的耳朵令人感覺他是如此深沉的悲傷，一種儘量克制之下仍然掩飾不了的懷念與悲痛，我在門外為這些雖然微弱但是極度震撼的誦經的聲音靈魂震動，為之熱淚盈眶。

很久以前我曾經經常開車到桃園虎頭山去爬山，記得虎頭山附近有一個日本人留下來的忠烈祠，我回想起來曾經看過一篇文章好像是夏鑄九先生的文章，他描述那些日本寺廟或者留在臺灣的日式忠烈祠往往可以看到一種非常特別的設計，他說當你沿著階梯往上爬的時候，你抬頭看階梯的最上面的頂端盡頭是空無一物的天空，就是廣闊的天空。夏先生描寫日式忠烈祠這種設計呈現出來的一種難以言喻的超越凡間的境界（我沒有辦法重複夏先生文章內容，我沒有那些詞彙來重複夏先生的思想，甚至是否夏先生或者是另外一位有名的學者我都不敢把握）。當我去到那個日本的忠烈祠，舉腿登上階梯，我抬頭看階梯最高終點和無垠蒼穹一線相連的地方，我忽然有所領悟，感到無比的讚嘆，於是我伸手向上遙指告訴身邊同樣在攀登階梯的遊客，我告訴他們我當下的領悟境界，結果我得到的是他們冷漠的回應，他們的眼神好像在告訴我：你怎麼啦？

好幾十年前我曾經在淡水，在桃園虎頭山附近的日本人留下來的忠烈祠看到國民黨老兵大老粗亂破壞日本人留下來的古蹟。日本的神社，裡面的忠烈祠等等古蹟呈現出日本人非常獨特的文化特色，值得妥善珍惜維護，而不是任由那些老粗隨便塗鴉，在那邊燒生煤燉狗肉喝老酒隨便亂搞，日本戰敗，他們離開之前在臺灣留下不少非常珍貴的事物，明知道改一樣錯一樣，即使專家也不敢亂動，結果是下階層的那些老粗隨便改，亂改，他高興怎麼樣就怎麼樣。同樣這一批人也就是破壞林家花園的同類的一批人。這個是有形的古蹟的破壞，另外無形的文化修養陶冶上面，日本人也曾經留給部分的臺灣人，知恥、廉潔、講禮種種實踐的美德，部分日本人眉清目秀、英挺、武士道恬淡的節操也曾多少遺留一些在為數極少的臺灣菁英身上。這個部分同樣遭受徹底的破壞，具體的表象就是看他們的神社、他們的忠烈祠後來的下場就可以一目了然。

臺灣人被分成好幾類，其中一類已經被改造成爲一輩子小心翼翼、察言觀色，終生不改虛僞，到處捧「爛鳥」的習性（動物學鳥類專業術語，看不懂不要亂問）。

很久很久以前，報紙上登出來來臺觀光的荷蘭人，抗議臺灣人在鄭成功的塑像前面另外塑了四個荷蘭人跪在那裡向鄭成功投降求饒的姿勢。我在淡水看到許許多多荷蘭人留下來的古蹟紅毛城、小白宮被維護得非常好，在紅毛城裡面還可以聽到荷蘭語的錄音播放（聽起來很像德語），沒有看到有人在裡面掛孫中山的遺像，掛隨便塗鴉的青天白日車輪牌，也沒有看到上面阿貓阿狗塗鴉說他要殺豬拔毛，也沒看到冒出幾個抗戰剿匪的不知名烈士遺像在裡面陳列。絕對沒有這些事情，這些事情只限於發生在日本人留下來的古蹟！

｜三十｜

作者臉書貼文舉例參考

㈠ 簡單說明

Morgan Tsai的臉書請特別留意，介紹我的臉書給讀者（臉書搜尋Morgan Tsai就是我伯爵本人）。

這一件事情我要反覆說明再三提醒，敬請讀者特別加以留意。

因爲疫情的關係，我闖入臉書世界將近兩年的時間。從The Declaration of Independence背誦錄影開始，迄今筆者隨機隨興在自己的臉書留下堪稱堆積如山的東西，其中不少內容精彩豐富深具內涵的部分，值得各位仔細搜尋挖掘，細加玩索品味，嚴肅看待參考。

特此隨機挑選幾段近日以來的臉書貼文分別羅列下面，請過目瀏覽可以明瞭我上面所說的意思。

(二) 近日貼文實例：《紅牛集》和《玉兔集》介紹

這兩年的時間之內留下不少東西在自己的臉書裡面，特別是兩本小冊子：《紅牛集》（80頁）和《玉兔集》（78頁）具有非常重要的價值和功能請務必特別留意。請搜尋Morgan Tsai查看一兩年來他所留下來的重要的東西。

Morgan Tsai 就是本書作者伯爵本人。

十九世紀德國哲學家叔本華說過，《奧義書》是他生前死後最大的安慰。羅素在他的《西方哲學史》裡面有提到一件事情，那就是十九世紀西方人發現印度哲學。（伯爵只有借用叔本華一句話的語氣，不涉《奧義書》以及印度哲學的問題。）

我直接了當長話短說，我在我的臉書上面公開展示《玉兔集》和《紅牛集》兩本小冊子，任何人了解這兩本小冊子內涵的精義，就可以讓你得到生前死後最大的安慰，我眼睜睜看著二舅和媽媽在不斷探索，最後仍然在困惑中去世，感到非常遺憾。這兩本小冊子看起來不是一般人所能夠輕易進入領會，今天晚上我再強調一次，你們要非常嚴肅地來看待伯爵三番兩次強調這件事情，不可以掉以輕心，不要錯過。最後的建議是：問題切割處理，兩本小冊子切成一小塊一小塊，仔細玩索，用盡你吃奶的力量去理解去領悟。這是伯爵想盡辦法用最平易近人的方式，來引導各位領悟一些非常重要的精微智慧。

《夜歸紅磚小洋樓》不會像上一本書那樣的拖時間，相信出版的時間不會很長久，這本書將以「伯爵」爲筆名出版，一個非常平常的無名人士寫出來的有血有肉的人間故事，但是値得所有人仔細閱讀參考，並且從其中獲得一種深沉的樂趣。

伯爵中年以前想通了一件極致精微、極致重要的眞理，雖然沒有辦法傳授給大多數的一般人，但是在這種高位能居高臨下的眼光透視之下，伯爵因此可以精簡軟化出來如此平易近人卻能夠蘊涵精微的小冊子。不要錯過，不要錯估，大問題切割處理，一小塊一小塊，弄到你蛋黃都出來，你就開啓全新的眼界，給你帶來「生前死後」最大的安慰。

我用很簡潔的話說明事情，把許多問題寫成兩本小冊子。爲什麼能夠簡潔？我重複說明一件重要的事情：捨棄一切複雜的表象，直指問題的本質。這個思維的可貴之處，是因爲它直戳現實中的這麼一種病態：今天的人們往往以爲掌握了許多知識而喜歡將事情往複雜處瞎鼓譟。

簡練才是最經濟、最優化，費米思維是一種最簡單、最省力、最準確的思維法則，具有普遍的適用性。任何問題的複雜化，都是因爲沒有抓住最深刻的本質，沒有揭示基本規律與問題之間最短的聯繫，只是停留在表層的複雜性上，反而離解決問題越來越遠，最簡單的往往是最合理。

這一段是一流科學家胏腑之言。

㈢ 近日貼文實例：漫談「馬勒《a小調鋼琴四重奏》」

這件事情值得我出門之前先說明一下，幾個禮拜以前我在第四台看到一部影片，片名好像是「隔離島」，李奧納多．狄卡皮歐主演。裡面有一段的場景——一位二次大戰德國集中營裡面的指揮官，戰後移民到美國，影片裡面李奧納多發現這個人講話子音摩擦音很多，他一眼看穿這是一個德國人，所以李奧納多也用簡單的德語和他對話。當時這位德國人正在聽一段音樂，李奧納多走進去的時候旁邊有人說這是布拉姆斯的音樂，李奧納多立刻指正他說：不是，這是馬勒的音樂，當他們在講話的時候這一段音樂也不斷地繼續播放，鏡頭轉向轉盤上面的黑膠唱片，隨著音樂的進行而規律的轉動著，小提琴、大提琴、中提琴的聲音如此的美妙而層次分明，同時斷斷續續有鋼琴敲擊琴鍵的聲音在旁邊加入配合。我一時受到震撼，很快地我找到這一段的音樂就是馬勒的《a小調鋼琴四重奏》。

巴赫管風琴曲《d小調觸技與賦格》始終被我認爲不是巴赫的作品，因爲它很不像巴赫其他的管風琴作品，我懷疑這個樂曲是經過歷代許多管風琴演奏家、作曲家陸續修訂增刪而成，它是以巴赫爲名所有的管風琴曲作品裡面最特別、最好的一首，被俄國指揮家史托科夫斯基讚譽爲「永恆的現代音樂」。

一首樂曲經過好幾代的淬鍊然後完成的，我還可以舉一個例子——《藍色多瑙河》圓舞曲，好像是從約翰史特勞斯的祖父一代就開始醞釀出它的雛形，一直到約翰史特勞斯才完成定案。

這種觀點之下我來看馬勒的鋼琴四重奏，我有我的許多想法：《d小調觸技與賦格》正式被列入巴赫的作品目錄裡面，編號BWV565，是公認巴赫的作品，很可能至少由巴赫起頭，伯爵的問題是它爲什麼如此地不像巴赫？我自己的直覺的亂解釋雖然有一點過於主觀的自以爲是，但是難免也有一點點道理的存在。

馬勒的《a小調鋼琴四重奏》聽起來就是不像馬勒，我的感覺是很像舒曼，馬勒曾經修改舒曼的交響曲，他把舒曼四首交響曲全部拿來稍微加油添醋一番，演奏出來的CD聽起來，感覺不見得比原味的舒曼好聽，馬勒也曾經想要修訂韋伯的作品，結果如何我不太清楚。

CD的作品介紹稍微提到馬勒這首樂曲受到舒曼很深的影響。我聽馬勒這一首鋼琴四重奏比起同一張CD裡面的舒曼和布拉姆斯的鋼琴四重奏都來得好聽，高明很多，比他們來得更爲具有深刻的美感，這個部分不像馬勒其他的作品，爲什麼這樣？我又開始亂猜：很可能馬勒從舒曼以及其他作曲家的鋼琴四重奏裡面提煉他們的精華，局部抄襲然後統合起來，用自己的實力把他們再造、淬鍊成爲這一首只有片段的《a小調鋼琴四重奏》。以上純屬個人隨興主觀發言。

很多年以前我一個聽古典音樂的朋友就告訴我說林衡哲醫生寫有關音樂評論的書，這位朋友告訴我說林衡哲認爲馬勒是神，口氣幼稚而輕浮，伯爵給予完全否定的評價，這種話我聽多了，只是一種耳邊風。馬勒的音樂確實很受到重視，我聽CD我看DVD，藍光演奏馬勒的交響曲，曾經看過伯恩斯坦指揮演奏馬勒的《第五交響曲》，我看到伯恩斯坦在台上激動的表情，他跳起來，兩腳離地跳起來，我在想你跳什麼跳？我眞的很困惑，有什麼好跳的。我再舉一個例子：我看馬勒的《第八交響曲》，號稱千人交響曲，在觀眾席的後面還有演奏者站在那邊吹管樂器。這一首交響曲最後一兩分鐘曇花一現，確實非常壯觀，驚天動地，聲樂合唱獨唱，交響樂敲鑼打鼓，轟轟烈烈。但是其他的部分我說馬勒又在爬格子作文，聽起來「沒什麼」。

並排另外站在合唱隊伍前面幾個特別的歌手；唱藝術歌曲的歌手往往其貌不揚，站在前面並排幾位歌手裡面至少有一到兩位女歌手擠眉弄眼，非常難看，稱之爲醜態百出也不爲過，標準的醜媳婦多作怪，這麼大場面的錄影，爲什麼容許這種狀況發生？如果你認爲伯爵誇大其詞，那伯爵就要同情你坐井觀天。馬勒的音樂伯爵大致全部都瀏覽過，讓我困惑的是那麼多腦筋清醒的人士，那麼多專業的演奏家如此過度慎重其事來對待馬勒的音樂，伯爵眞的很困惑。馬勒的《a小調鋼琴四重奏》是伯爵第一次，也是唯一的一次對馬勒眞誠的肯定的評價。雖然心中充滿了困惑，這個十一分鐘三十八秒的片段爲伯爵帶來快樂的時光一段，伯爵就寢之前出聲音表示內心的感激。

華格納樂劇《尼布龍根的指環》第四部諸神的黃昏第二幕第三景，哈根招呼他的同夥眾家臣那一段，十多分鐘長度，幾十年前我買到一張CD，裡面全部都是拜魯特音樂節演奏的華格納樂劇選曲。這一張CD借給朋友，從此回不來，還好我有燒錄幾張備用，同時存在硬碟裡面。這一段十幾分鐘的樂劇，加上我所聽過的唯一的完美的演奏，它成爲我所聽過的音樂裡面最頂級極致的一曲。我用比較的方法讓你了解，它遠遠淩駕貝多芬《第九交響曲》第四樂章，它是唯一或極少數可以拿來和貝多芬《第九交響曲》第一樂章媲美、並駕齊驅的一段音樂。長年以來我聽別種版本的演奏，見識過藍光錄影的演出，我敢確定，已經沒有辦法找到我目前保有的這個偉大的演奏版本，尤其是裡面那一位聲音如此陽剛、如此結實、如此洪亮的男中音再也找不到。我確定，你們再也聽不到我所擁有的這一段十來分鐘華格納偉大的音樂的演奏。

舒曼《第三交響曲》第四樂章這一段音樂一樣是極致極品的稀罕樂曲作品，一樣只有最好的演奏才能顯現它的偉大，這一點和上面所說的華格納諸神黃昏第二幕第三景的狀況一樣（可惜只有短短的五分鐘長度，因此沒有辦法相提並論），提醒一下絕對不可以看錄影演出，這種偉大的音樂只能從音樂的演奏中去領會，沒有任何的舞台、任何的場景能夠呈現華格納如此深奧如此浩瀚的想像。聽得懂聽不懂，故意裝不懂，請便，不干我的事。

爲了馬勒《a小調鋼琴四重奏》，使得我又談起了這些事情，還沒有說完！貝多芬《第九號交響曲》第一樂章十五分鐘二十七秒（卡拉揚版）、孟德爾頌《e小調小提琴協奏曲》第一樂章十二分鐘四十八秒（RICCI演奏的版本也是最好的演奏版本）、巴赫管風琴曲《d小調觸技與賦格》九分鐘二十六秒。以上我隨意挑選三段音樂，長度從十分鐘左右到二十分鐘不到。

以《第九交響曲》第一樂章來舉例說明，這個樂章從第一個音符開頭到最後一個音符結束，全部沒有任何空隙，全曲從頭到尾最高濃度，極致精緻，宏偉深刻浩瀚的想像，自然流露的靈感源源不斷，最悲劇性的音樂，最能夠表達強烈的意志。十五分鐘二十七秒長度適中，令人感覺淋漓盡致，給予感性、知性完全的滿足。請注意，從開頭第一個音符到結尾最後一個音符，中間沒有一秒鐘有稍微平凡的空隙。

孟德爾頌《e小調小提琴協奏曲》第一樂章十二分鐘四十八秒那種高濃度源源不絕靈感的自然流露，如此地甜美流暢，沒有任何空隙的存在，給予感性與知性最高的滿足。

巴赫《d小調觸技曲與賦格》九分鐘二十六秒，永恆的現代音樂的世紀宣示，如此宏偉精巧的音樂展現。

聆聽上面這些曲子，一氣呵成，沒有你喘息、休息、不耐煩其中平凡的段落，來等待一個樂曲比較精彩的曇花一現的段落的出現。

上面我隨機隨意舉例，你知道我在說什麼嗎？

馬勒《a小調鋼琴四重奏》十一分鐘三十八秒這一個片段，只是一個片段，雖然拿來和上面這些曲子相提並論尚有所不足，但是已經足以讓伯爵永遠愛不釋手。

小提琴協奏曲我把布拉姆斯的D大調排在第二名（二十二分鐘二秒），第二名和第一名之間有本質上的差異，好歹伯爵給了布拉姆斯第二名。

沒有時間長談，伯爵講話你不可以掉以輕心！你太輕忽的話，後果就是聽不到伯爵更多的眞理的宣布。不是玩笑話。午安。

李奧納多．狄卡皮歐主演的影片《隔離島》明顯看得出來提醒觀眾特別留意馬勒《a小調鋼琴四重奏》短短十一分鐘三十八秒這一段音樂的重要性，一段小小的不起眼的音樂被忽略，被伯爵忽略了幾十年，這部電影提醒伯爵這一段音樂的存在，它的美妙、它的價值、它的重要性，伯爵非常感激。從馬勒這一片段的音樂，我非常清楚地聽到了小提琴、大提琴、中提琴還有鋼琴各自發出來美麗的旋律，互相巧妙結合成一藝術的整體，呈現無比豐富而且深度的美，也提醒伯爵鋼琴四重奏和弦樂四重奏具有不同的藝術表現，值得重視，值得留意。我花這麼多的篇幅在講馬勒《a小調鋼琴四重奏》十一分鐘三十八秒的一個片段。提供參考。

㈣ 近日貼文實例：「奧菲斯和尤麗迪斯」

這一兩天伯爵用詩人的口氣說話，不知道各位詩人是不是能夠習慣、能夠領會，現在深夜凌晨伯爵繼續補充發言。大西中將、乃木大將的切腹是以忠於軍人職務本分而切腹，三島由紀夫的切腹境界不一樣，他是以詩人的境界切腹，羅密歐與茱麗葉的愛與死超越情人相愛的範疇而進入詩人永恆的境界。十多年前我觀賞過一部歌劇，一位假聲男高音一邊吟唱一邊手撥五弦琴伴唱，最後當奧菲斯帶著尤麗迪絲離開地獄走回陽間的時候，他們被交代不可以轉身往後看，最後奧菲斯忍不住回頭看尤麗迪絲，結果兩個愛人永遠陰陽兩隔。有一種解釋我在這裡要跟各位提出：這種解釋是說他是故意回頭看，甚至還說是她在後面叫他回頭，簡而言之這是他們自主的選擇，這種選擇不是情人的選擇，而是一種詩人的選擇，他們選擇永恆的記憶而不選擇陽間一段復合的時光！

各位詩人你們能夠聽得進去伯爵深夜漫談這些浪漫如詩的一段談話嗎？晚安。

(五) 近日貼文實例：「心碎」

美麗的女巫臨死之前，向她所瘋狂深愛的貴族帥哥吸血鬼做臨終至死不渝愛與死的表白，沒有辦法得到那位帥哥吸血鬼的接受，她伸手插入胸膛取出她一顆發出鮮紅強光猛烈跳動的心，這一顆跳動的心被她托在掌心，片刻之間破碎成爲一片一片的碎片，伯爵稱之

爲心碎，接著那位心碎的女巫整個臉、整個頭、整個身體頓時化成一片一片的碎片！（從電影裡面的鏡頭改編而成）

㈥ 貼文實例：「大孝子vs. 仙女」的故事和《紅與黑》的評論

以前國民小學、國民中學教二十四孝後來增加到三十六孝，裡面的內容集各種無知荒謬之大成於一身，什麼臥冰求鯉，不感冒肺炎發高燒完蛋才怪，什麼割腿肉煮湯給他老母吃，莫名其妙亂搞，不要說流血不止，沒有抗生素消炎不一樣完蛋才怪！沒有麻醉你割得下去？剛才看到中國一些不肖子女在修理他老爸老娘的鏡頭，我看得出來他們生活環境的險惡，只有險惡的環境才會培養出那種子女。

教導子女孝順這是中華文化最重要的部分，我從小就聽我們嶺下礦工教我一件孝順的故事，這個故事同樣不改邏輯錯亂、不科學胡亂蓋的本質，但是出自於這些純樸礦工口中的許多個故事卻讓我深深感覺到一種純眞的美，既然有人在讀我的臉書，我就値得來說這個故事，因爲只記得大概的輪廓，所以東湊西湊，儘量保持原樣：有一個美麗的女神仙，爲了要募款救災，她站在一個小船上面，她說任何人只要能夠用銀兩或錢財丟過來打中她的身體，她就嫁給他做媳婦，結果很多男人就儘量用銀兩、錢幣往船上丟過去，當然沒有人能夠用任何東西打中一個神仙。那個女神仙用這種方法每天收集很多的錢財去做她的善事。

當時有一個凡間的人士，這個人有一點像卡繆的小說《薛西弗斯的神話》裡面，那個被諸神斥爲凡間賤民的半人半神的薛西弗斯，這個凡間的異士看不慣那個女神仙這種玩弄凡人的手段，他就慫恿一位當時很有名的孝子，這個小子不只二十四孝，不只三十六孝，他一百多孝全部都做過，我認爲這個故事最美的地方就是這個凡間的異士他知道一件事情，他同時把這件事情加以貫徹實施：他知道只有一種凡人可以打敗這個仙界的女人！他認爲這個孝子有感動天地的大能量，這種力量不是任何神仙所能抵擋的！於是他找到這位孝子，並且教他一個方法，告訴他說你將會娶到一個天仙的媳婦！

這故事很荒謬但是很美，我喜歡。這是以前我們家煤礦一個礦工他構想出來的，是他告訴我的許多個故事裡面其中之一，晚上我把故事結尾說個清楚！

爲了講故事，我暫停音樂鑑賞，長話短說。那個凡間的異士用盡各種邏輯、經驗的理由，終於說服了這一位凡間頭號的眞正的孝子，他叫他回家去把家裡的神明偶像拿一個出去換一個銅錢回來，然後拿這個銅錢去丟船上那位美女，他主要的理由是要這個孝子不要輕忽自己凡俗肉身的價值，而忽略了自己孝行偉大的力量，他告訴他說：其實這一切都是天命，不是個人所能想像所能決定。這個孝子按照這個異人教他的方法，他站在河邊，手上握著那個小小的銅錢。當他把手高高舉起，突然之間他兩眼兩道金光直射在那船上女子的額頭之上，我的意思是紅外線瞄準鎖定，那個女神仙舉目一看，那個孝子投出來的一枚銅錢發出閃耀的七寶彩色迎面破空而來，走向飄忽不定，船上這位女神仙左閃右躲任她神力超群，眼看無法躲開，突然之間她內心澄澈，一片坦然，輕呼一聲：啊！孝子！就在此時她的額頭已經被那一枚七彩奪目的銅錢擊中！爾時大地六種震動，諸天奏樂，天女散花，芳香滿路，天龍夜叉等俱在空中嘆道：如此孝子得未曾有！

這個故事的結局我忘得一乾二淨，無非就是那個神仙指派一個仙女下凡成就姻緣協助孝子孝順他的父母，或者那個神仙自己本人下凡肉身現世來經歷一點人間哀樂，有何不可？

我從雲端下來，教忠教孝，我隨興走筆，一邊跳火圈同時一邊吞劍噴火，同學們你們還不趕快醒來看一看！眞是服了你們！

洗完澡我音樂也不聽了，我想一想，幫這個故事設計一個結尾貢獻給各位：那位神仙親自下凡肉身現世和那位一〇八孝大孝子，塵世軟紅十丈，一起歷盡人間哀樂。你們看這個結果可以嗎？還是公主和王子永遠過著幸福美滿的生活？

多年以前，有一次我和一個小我兩、三歲的老同事談到一部很久以前的電影《紅與黑》。那個女主角用力掙脫她丈夫緊緊抓住的雙手，不顧她丈夫不但不計較她和人家通姦出牆，苦苦哀求她為了子女不要離開，她仍然堅持抛夫棄子來到巴黎尋找她的情夫。當她發現情夫已經和年輕美麗的貴族女兒訂婚，看來飛黃騰達起來了，正當她跪在一處陰暗的角落無限的絕望時，她聽到後面傳來腳步聲，她回頭看到她的情夫已經走到她的眼前來了。我告訴我這個老同事說，這個影片裡面有一個場景令人難忘，當那個女主角看到她的情夫走了過來，舉槍向她射擊那一瞬間，她原本沮喪絕望的臉突然綻開了無比燦爛的笑容！

這是很多年以前一部電影版的《紅與黑》，當時我那個小我兩、三歲，成大數學系畢業的學校數學老師當場給予嚴厲的批判，對這種電影場景的處理給予完全否定的評價。他認為太荒謬，不可能。我當場告訴他：或許，對於這種層次的文學藝術，每當你認為你知道了，正好也就是你錯了！我對他的批判比他對那個電影的批判更加嚴厲。這件事情我在這裡只點到為止！

有人天眞地問我，爲什麼當她看到有人舉槍對著她射殺之前那瞬間，她如此心花怒放、有如此燦爛的笑容？既然你問得如此眞誠，我就簡單地回答你！因爲她發現她的情夫和她一樣拋棄了所有的一切，包括已經到手的未婚妻、已經到手的榮華富貴，跑回來要來終結兩個人的痛苦。那一瞬間她感受到一種非常嚴肅、非常刻骨銘心的愛情，這一樁愛情已經到了超越生死的境界。

同樣一個人問到《紅與黑》這一部電影最後的結局如何？我也憑腦海裡面的記憶簡單回答一下：後來男主角被判處死刑，被處決之前這個女主角不斷地去探監，男主角要求女主角要她承諾在他死後絕對不自殺、不尋死。最後這個男主角被處決去世，這女主角信守承諾沒有自殺！但是三天以後她一樣因爲過度的悲傷而死亡。

小仲馬寫《茶花女》，在他最後的幾頁他講了一段的話，其中他藉著故事敘述者的嘴巴評論到那個女主角：在她一生的過程中，她經驗了一樁嚴肅的愛情，她爲它受苦，她爲它而死。

Camille（即《茶花女》）這部小說翻成英文版，我從來只看過一個版本，修訂過的部分好像只有包括第一頁的一個字，即使翻成英文它那種浪漫的氣氛還是非常打動人心，令人不由自主地把它記在心裡。雖然這兩部小說所談到的都是女人非常畸形的愛情，但是上面那一段話以及隨後接下去的那些話，用在Camille（《茶花女》）上面還不如用在《紅與黑》上面來得妥當！

我同樣借用小仲馬在Camille 後面講到的一些句子，對《紅與黑》這部電影裡面這一對男女的遭遇表示幾句話：我不是罪過的說教者，但是我非常樂意作爲一個高貴的悲慘命運的回音，任何的地方當我聽到它的聲音在哀訴的時候。I am not the apostle of vice, but I would gladly be the echo of noble sorrow wherever I bear it's voice in prayer.

站在船上的仙女化身的女郎，當她面對迎面而來一粒七彩奪目寶石般的物體疾飛而來，聲勢如此不同凡響，在她仙界的法眼之下，對岸何方人物對她瞄準投擲，她豈能不知？然而她當下瞬間的反應既不是花容失色不知所措！更不是心花怒放展開燦爛的笑容！而是當下靈台一片澄澈，內心坦然，面露拈花微笑的平和表情輕呼：啊！孝子！

這個故事是由接近六、七十年前一個煤礦員工，用他非常素樸的語言所講出來的一種非常值得鑑賞的故事：大孝行有如金剛王寶劍，連仙界主流都要對它禮讓三分！我只掌握這位員工如此純樸高尚的理念架構，加上一些潤飾，我的工作有如皮鞋匠修理皮鞋時候的那種工藝。這個故事很美，構想出來的人是一個非常純樸的員工，還沒有講完，稍後我有評論！

結尾部分我確實忘掉，我所構想的結尾已經提供給各位，閣下難道認爲那個孝子高攀了那個神仙？那個神仙委屈下凡屈就一個凡間的賤民？假如您有這種想法，既然我這一篇有如教忠教孝的教材，我要說的是：我什麼都不反對，但是我不喜歡那種資產階級的氣息兼那種士大夫矯揉做作的身段！在我的教科書裡面，以仙界法眼的觀點，那個凡間孝子才是人類眞正的貴族。不容輕侮！

接下來我要說的是，當我說到那仙人本人下凡肉身現世，歷盡人間哀樂。她很委屈嗎？人間那麼不值得來嗎？我告訴各位，只要你們能夠深情相愛，塵世軟紅十丈，諸般繁華，天上人間，人間天堂，到底是神仙羨慕人間還是人間羨慕神仙，你敢確定嗎？

許多小說戲劇裡面看到天使們用無比嚮往的眼睛俯視下界，仙界的仙人甚至偷潛下凡來經歷人間哀樂。

我最後要交代的是：波特萊爾談到美的時候，他反覆用到一句詩句：「那又何妨！你究竟來自於地獄還是來自於天堂？」

國家圖書館出版品預行編目資料

夜歸紅磚小洋樓／ Graf S. C. Tsai（伯爵），蔡元正編著. 一一初版.一一臺北市：五南圖書出版股份有限公司，2023.07
面； 公分
ISBN 978-626-366-193-6（平裝）

863.55　　112008992

4B21

夜歸紅磚小洋樓

作　　者一 Graf S. C. Tsai（伯爵）、蔡元正
發 行 人一 楊榮川
總 經 理一 楊士清
總 編 輯一 楊秀麗
副總編輯一 王正華
責任編輯一 張維文
封面設計一 鄭云淨
出 版 者一 五南圖書出版股份有限公司
地　　址：106台北市大安區和平東路二段339號4樓
電　　話：(02)2705-5066　　傳　　真：(02)2706-6100
網　　址：https://www.wunan.com.tw
電子郵件：wunan@wunan.com.tw
劃撥帳號：01068953
戶　　名：五南圖書出版股份有限公司
法律顧問　林勝安律師
出版日期　2023年7月初版一刷
定　　價　新臺幣300元